www.einaudi.it

ISBN 978-88-06-24286-2

Marcello Fois

Pietro e Paolo

Einaudi

... Rimetti a noi i nostri debiti...

Pietro e Paolo

sedici

Pietro Carta s'incamminò di primo mattino, quando la luna e il sole confabulano per darsi il cambio, e affrontò il tratturo pietroso in salita che rappresentava la via piú corta per arrivare a Núoro da Lollove. Una specie di ansia leggera lo fece accelerare. L'ascesa si faceva irta nel primo tratto, poi si addolciva. Il movimento aveva preso a adattarsi al respiro, come quando, dopo averlo a lungo cercato, finalmente si trova il ritmo interiore. E allora camminare non pesa piú, anzi pare una benedizione. Il terreno, via via che avanzava, cambiava forma e sostanza, perché quello che stava compiendo era un viaggio vero e proprio.

Da bambino quello stesso percorso gli era sembrato infinito e impraticabile. E aveva sempre preferito farlo d'inverno, nonostante la tenaglia del freddo che gli abbrancava i polpacci appena fuori dall'uscio. Ma, superato quell'impatto, era la stagione perfetta.

– Cammina.

– Ho freddo...

– Dài, dài... che freddo? Sei tutto coperto...

– Fa troppo freddo, Pie'!

– Se cammini ti passa... Ti muovi?

Pietro l'aveva imparato da suo nonno, Zua buonanima: ci si sarebbe scaldati andando, assicurava sempre lui. E aveva ragione. Ma, nonostante le incitazioni, Paolo restava come bloccato all'imboccatura del boschetto dove le roverelle, proprio come lui, parevano congelate in una sospensione di tempo. Non sapeva perché si era lasciato convincere a fare una cosa del genere. Ad alzarsi poco prima che sorgesse il sole per raggiungere quel posto segreto che Pietro aveva raccontato di conoscere.

– E se ci scoprono? – chiese a un certo punto Paolo muovendosi verso di lui, come se con le parole volesse contraddire il suo gesto.

Pietro scosse la testa. – Se ci scoprono se la prendono con me, – disse, per liberare l'amico da ogni indugio.

– C'è molto ancora? – chiese Paolo quando, dopo aver accelerato, riuscí ad arrivargli di fianco.

Erano alti pressappoco uguali. Pietro forse qualche centimetro di piú, il che dimostrava che era di buona razza, considerato che era cresciuto con assai meno possibilità di Paolo. Avevano appena compiuto undici anni. Avevano appena abbandonato i loro letti e scavalcato la finestra di casa Mannoni, quella di Paolo, che dalla dispensa conduceva direttamente in bocca alla campagna.

Un'avventura concordata giorni prima, quando Paolo ritornato da scuola aveva raccontato a Pietro, che la scuola non poteva frequentarla, che le volpi non sono nient'altro che cani.

– Canidi. Le volpi sono canidi, – aveva specificato.

E Pietro non era riuscito a nascondere un certo fastidio, non tanto per le cose che la scuola insegnava a Paolo e non a lui, ma per le cose che quella scuola non insegnava.

– Non si dice quella parola lí, – era sbottato Pietro, con sincero sconcerto.

– Quale? Volpi?

– Eh, quella, – aveva confermato Pietro con un certo buio dello sguardo, ma soprattutto dell'animo. – Non si dice.

– E perché? – aveva chiesto quell'altro, non senza un po' di provocazione.

– Quel nome lí non porta bene. Tu lo dici e lei si presenta. È cosí che succede, non lo sai?

– No che non lo so, sono credenze da ignoranti.

– Lo dici solo perché non hai mai dovuto custodire pecore, e perché delle galline a casa tua non te ne sei mai occupato.

– Sí, va bene, ma cosa c'entra col nome? – aveva insistito Paolo.

E Pietro aveva scosso ancora la testa, come se avesse a che fare con qualcuno che a spiegargli le cose si perdeva piú tempo che altro. – Ma tu un mariane vero l'hai mai visto? – aveva chiesto a bruciapelo.

– Vero?

– Eh, vero.

– No.

– Ecco, – aveva concluso Pietro. Per specificare che quell'ammissione rendeva inutile qualunque proseguimento della discussione.

– Ecco cosa? – si era incaponito Paolo punto sul vivo.

– A che cosa ti serve sapere le cose nei libri se poi non le hai mai viste veramente?

– Ci sono un sacco di cose che si possono conoscere senza vederle. A questo servono i libri.

– A questo, – gli aveva fatto il verso Pietro. – Ti porto io in un posto dove puoi vedere un mariane, ma non di quelli disegnati, – aveva fatto un po' il gradasso, come gli succedeva dal basso della sua branda quando erano da soli nel buio della camera di Paolo, che invece dormiva nel suo letto altissimo. – Ma bisogna svegliarsi prima che sorga il sole e camminare un poco.

A Paolo quella proposta era parsa appetibile proprio perché gli provocava angoscia. – Se ci scopre Annica ci crepa, – si era limitato a dire.

– Usciamo presto e ritorniamo prima che si alzi.

E cosí avevano fatto, si erano immersi negli odori e nei fruscii di quell'ora morta che non è pieno sonno ma neanche piena veglia. L'ora in cui le bestie notturne si apprestano a scambiare il giorno per la notte, e cedono il passo a tutte quelle creature d'aria o di terra che abitano il cielo o il suolo.

Era freddo, su questo Paolo non aveva torto, ma Pietro aveva fatto in modo che fosse ben coperto, anche troppo, visto che a camminare ci si scalda.

– Dài che siamo arrivati.

– Lo dici da mezz'ora, – protestò ansimando Paolo, che

cominciava a sudare. Con uno strattone si spostò la pesante sciarpa dal mento.

– Che mezz'ora. Saranno dieci minuti che camminiamo. Siamo arrivati, ti dico. È lí, – indicò un gruppo di rocce che, circondando un piccolo terrapieno, formavano un acrocoro in miniatura.

E in effetti, raggiunto quello spazio, alla luce flebile di una luna quasi piena che si faceva largo tra le fronde irrigidite dei frassini e dei biancospini, videro quello che a Paolo era sembrato semplicemente uno smottamento del terreno alla base di una roccia.

– La tana –. Pietro inginocchiandosi si chinò fino ad appoggiare l'orecchio al suolo. Paolo lo osservava in piedi cercando di respirare il meno possibile. Dopo qualche secondo di ascolto, Pietro infilò la mano e tutto il polso all'interno di un foro largo poco piú del suo avambraccio. Ne estrasse una creaturina minuscola che pareva addormentata, e che sprigionava un odore non buono. Con l'indice Pietro le accarezzò leggermente il muso per costringerla a una reazione che non ci fu. – Morta, – constatò infine.

Paolo fece un passo indietro: era la prima volta che si trovava di fronte alla morte.

Intanto Pietro aveva preso a riesumare ancora tre, poi quattro volpacchiotti esanimi. – Tutti morti, – disse.

Paolo strinse le labbra come se stesse per piangere.

Pietro si disse, guardandolo, che l'infanzia non dura lo stesso tempo per tutti. – Non piangere, – intimò.

Paolo tirava su dal naso piú aria che poteva. Sentiva una staffilata gelida farsi spazio nelle gallerie delle narici e arrivare ancora freddissima fino in gola. – Li hanno abbandonati, – sussurrò. – Li hanno abbandonati, – prese a ripetere, quasi che il punto fosse esattamente quello: piú che la morte l'abbandono.

A Pietro fu chiaro che quella spedizione rischiava di insegnare piú del previsto e che non sempre era un bene distogliere Paolo dai suoi libri. – Non li hanno abbandonati, – spiegò. – La madre sarà rimasta uccisa in qualche trappola, – aggiunse con una foga crescente per tranquillizzare l'amico. – Si è spostata per procurare il cibo e non è piú tornata, e se non è piú tornata vuol dire che non ha potuto. Dài, andiamo a casa.

Paolo, che pure aveva sentito ogni parola, non si mosse: teneva lo sguardo fisso alla piccola bocca spalancata della tana.

– Sono solo animali, – disse Pietro come leggendogli il pensiero.

– Anche noi, – osservò Paolo. – Sento freddo, e tu?

quindici

Anche ora era freddo. Anche ora era inverno, l'inverno maturo di gennaio. Il terreno asciutto esalava aromi di corteccia e sandalo. E stordiva per la concentrazione con cui le esalazioni venivano indirizzate dagli spifferi d'aria gelida tra i rami talmente secchi che crepitavano. Le foglie di querciolo parevano livide e sanguinanti tutte le volte che la corrente le rivoltava. Si erano in parte accartocciate, come se avessero consumato gli ultimi residui di linfa e di loro non fossero restate che le fibre pietrificate.

Come gli umani, pensò senza pensare Pietro Carta. Come gli umani che alla fine devono trovare dentro se stessi le energie per sopravvivere. Per sopportare. Per andare avanti.

Quel procedere lo mise di fronte alla sua vita, ma non è proprio questo che accade nel cammino? Non è questo il senso? Erano quasi due anni che non metteva piede a Núoro. Da quando Lucia era morta. Ma voleva vederlo con i suoi occhi quel signorotto di Paolo Mannoni, anche se sapeva benissimo che cosa avesse da dirgli.

Solo un'ora prima sua madre lo implorava di non andare. Senza azzardarsi a entrare insisteva fuori dalla porta della sua camera perché lui non accettasse l'abboccamento. Pietro aveva finito di vestirsi con cura sapendo che lei comunque sarebbe rimasta là fuori finché lui non ne fosse uscito.

– Lo sai che gente sono, – aveva sussurrato la madre a un certo punto.

– Proprio perché lo so ci vado, – aveva risposto lui secco, ma senza che fosse necessario alzare la voce piú di tanto, perché nel silenzio compatto della casa si sentiva tutto quanto. – Non vi dovete preoccupare di niente, – aveva aggiunto per paura di essere apparso troppo brusco. Poi si era voltato verso il guardaroba per tirarne fuori la mantella pesante.

Non era ancora giorno. La madre nell'androne, col lume in mano, gli pareva piccolissima. Ma non indifesa. Aveva affrontato con grande determinazione l'apocalisse della sua famiglia e con la stessa determinazione ora ne affrontava il nuovo corso. La casa dove il figlio l'aveva sistemata, per esempio, lei aveva sempre dovuto guardarla da fuori, aveva sempre dovuto immaginarsela. Ma ora, l'aveva detto Pietro, era sua. Come questo fosse avvenuto era sulla bocca di tutti a Lollove, anche se davanti a lei nessuno osava dire niente. L'unico rimpianto vero era che dovesse abitarla quasi sempre da sola, visto che non era prudente che Pietro stesse a lungo nello stesso posto.

Il marito e il figlio maggiore se li era portati via la Spagnola poco meno di due anni prima. Avevano avuto come un male alla testa e poi si erano dovuti coricare tanto che le gambe erano diventate instabili, e poi non si erano piú potuti alzare. Lei, Margherita Loddo, la raccontava cosí tutta quella faccenda che dicevano avesse colpito il mondo intero, e per questo, dicevano, doveva smetterla di comportarsi come se fosse stata l'unica a perdere amici o parenti in quel modo. Eppure, avevano un bel dire: se non fosse stato per Pietro che si era fatto valere, sarebbe finita a chiedere l'elemosina. Non era certo una donna che ignorasse le cose, sapeva che quella sua nuova e agiata condizione derivava da «fatti particolari», dall'avere, cioè, saputo reagire nell'unico modo, «giusto o sbagliato che fosse», come diceva il figlio rimasto. E sapeva che la latitanza era una conseguenza di questo reagire. Ma tutto questo lo sapeva tra sé e sé, per il resto si portava come se nulla fosse e andava in giro a testa alta come se tutto quel benestare le spettasse di diritto. Anzi, proprio perché tutto quel benestare le spettava di diritto dopo tanto patire.

Nell'androne la luce tremolò per uno schiaffo di corrente che veniva dalla tromba delle scale.

– Tornate a letto, – intimò Pietro. – O finite di fare i bagagli.

La donna scosse la testa. – Eh, ormai chi dorme? I bagagli sono già fatti da un pezzo.

Pietro chiuse un poco gli occhi. – Eléne? – chiese a sua volta.

– Arriva piú tardi.

– Non mi piace che dorma fuori –. Quando parlava della donna di servizio assumeva un tono che doveva farlo sembrare piú vecchio e autorevole di quanto fosse.

– Anche lei c'ha la sua vita, – la giustificò Margherita.

– È qui la sua vita adesso, – tagliò il figlio.

Era chiaro che stavano parlando di qualcosa di ininfluente per non parlare di quello che stava loro a cuore.

– Non ci andare, – ribadí lei, infatti. Riprendendo esattamente da dove era stata interrotta la discussione la sera prima.

– Non succederà nulla, – assicurò lui indossando la mantella pesante.

– Siamo una cosa sola, – scandí lei. – Una cosa sola, – ripeté, per intendere che i loro destini erano intrecciati in modo inestricabile. Ma anche per chiarire che qualunque pericolo a cui il figlio si sottoponesse era un pericolo a cui sottoponeva lei. Sapeva esprimere quell'attaccamento a gesti e parole, senza ambiguità. Quante madri erano state salvate dal proprio figlio minore? Lei non aveva neanche quarant'anni. Sarebbero arrivati tempi migliori, piú evoluti, in cui una donna come Margherita Loddo poteva essere considerata ancora giovane. Ma non lí, non allora, non fasciata nel lutto stretto, minuscola, tremolante per via della fiamma che baluginava in quell'alba di gennaio del 1920.

– Fatemi andare, – implorò Pietro questa volta. Con un tono sbrigativo che lasciava capire fino a che punto temesse la madre e la sua capacità di costringerlo a tornare bambino. Aveva desiderato spesso di rientrare in quello stadio meraviglioso in cui non si hanno responsabilità, quello stadio in cui è naturale siano altri a prendere le decisioni: genitori, insegnanti, preti, tutori. Ma in quell'androne, con la luce che colpiva ed esasperava solo piccole porzioni oblique di spazio, lasciandone la maggior parte in pasto all'oscurità piú totale, si risolse a non dare nessuna possibilità a quel desiderio.

– Portati qualcuno: Bachis, Lenardu… – cominciò a elencare la donna.

Pietro si strinse dentro alla mantella come facevano certi maghi dell'avanspettacolo quando si imbozzolavano e sparivano dietro una cortina di fumo fra lo stupore degli spettatori. Quel movimento fece ondeggiare il lume, scardinando per un attimo le ombre alle pareti. – No, ho detto che andavo da solo e vado da solo, – tagliò. – E disarmato, – concluse prima che lei potesse aggiungere qualunque altra cosa.

Paolo aveva accelerato per precederlo verso casa con una tale foga che non si era nemmeno accorto delle gocce che annunciavano un acquazzone.

Pietro lo guardava camminare col passo svelto di chi vuol scacciare un cattivo pensiero. – Allora i mariani sono cani, e noi siamo animali... Belle cose che ti insegnano a scuola, Paolo Mannoni!

Intanto poco lontano, o ad anni luce, si era sentito il brontolio di un tuono, e presto aveva cominciato a piovere forte. Quei borborigmi distanti si erano fatti vicinissimi e l'oscurità languente adesso lampeggiava. Fulmini violenti strappavano la superficie del cielo bluastro.

Paolo era corso a ripararsi sotto un larice e Pietro lo aveva raggiunto con lo sguardo di chi è talmente preoccupato da sembrare infuriato. Paolo aveva potuto solo constatare che, contro ogni logica, lo stava attirando a sé per trascinarlo via dal riparo delle fronde. Sotto l'acquazzone, fuori dalla portata di qualunque albero che attirasse i fulmini: il punto non era tanto che non si bagnassero, ma che sopravvivessero.

Paolo si era messo a correre verso casa fino a sputare i polmoni, scortato da Pietro che, arrivato all'altezza dell'abitazione, poté constatare qualcosa di assai piú definitivo di qualunque fulmine o temporale. Annica li stava aspettando all'uscio di casa.

quattordici

Si accorse che stava accelerando e si costrinse al controllo. Respirò profondamente e attese di riconquistare un battito regolare. Era tanto freddo che ogni suo respiro sembrava una buona boccata di pipa. Intorno a lui la realtà di cristallo pareva fragilissima e mutevole. Su quella stessa strada aveva corso e camminato. E da solo, tra sé e sé, anche pianto. Aveva incontrato ogni singola creatura che Dio avesse messo in quella terra. Su quel tratturo aveva seminato anche gli inseguitori piú ostinati e sorpreso le prede piú guardinghe.

Ora il cielo se ne stava a osservarlo, rigido e impassibile. Che cosí, rigidi e impassibili, ti scrutano da sempre i cieli di gennaio. Con quell'apparenza metallica, con quella consistenza di lama tagliente da far temere che, da un momento all'altro, possano fendere in due la sfera del mondo.

Ecco: di fronte a quell'immagine della lama che affondava nel globo e lo separava in due semisfere perfette, facendo spandere nel vuoto la parte fluida e incandescente del nucleo, ebbe un brivido. Come il sintomo di una coscienza fuori di sé che gli provocava un feroce senso di inadeguatezza. Perché visioni straordinarie come quella appena immaginata gli arrivavano davanti agli occhi anche se lui – Pietro Carta, di Vindice – sapeva di non essere qualcuno che potesse farne tesoro. Arrivavano e sparivano, infatti. S'infilavano nei recessi piú profondi del suo essere, totalmente inutili. Avrebbe voluto essere scrittore, o poeta, o pittore, per poterle raccontare, evocare, rappresentare, ma era solo bandito. E aveva appena vent'anni.

Era stato un bambino sereno, questo sí. Una serenità frutto d'incoscienza, certo: piú si diventa coscienti e piú si diventa adulti. E piú si diventa adulti meno si è sereni, questo si sa. Suo padre Vindice aveva in cura i terreni lollovesi di don Pasqualino Mannoni, di quei Mannoni che si erano fatti ricchi con il pecorino e poi, dopo aver laureato i due figli maggiori, avevano schifato le pecore e il formaggio e si erano ripuliti dalla puzza di caseina e carbonella. Ma ai tempi ancora qualche anziano, a don Pasqualino Mannoni, lo chiamava Pascaleddu Cubile: perché cubile, ovile, era il soprannome della sua casata. E lui, quando qualcuno, anche per ricordargli da dove venisse, non senza provocazione lo chiamava in quel modo, nemmeno si girava, che il tempo del cubile era definitivamente morto e sepolto sotto al tumulo delle speculazioni e anche di qualche prestito a usura. Sicché quando i figli – Vincenzo, Martino, Ciriaco, Egidia e Paolo – furono abbastanza grandicelli da intendere, il Don gli fece un discorso chiaro a proposito del fatto che i Cubile erano un passato ormai definitivamente cancellato e che adesso contavano i Mannoni. Già nel periodo in cui il piccolo Pietro Carta frequentava il piccolo Paolo Mannoni, di quel passato si diceva poco, o per meglio dire niente.

Ma quando si parla di frequentazione tra il povero e il ricco si deve stare attenti a chiarire le cose: c'era una distanza di cinque anni tra la sorella Egidia e Paolo, il piccolo di casa. Gli altri fratelli erano chi «in azienda», come si cominciava a dire riferendosi al caseificio: Vincenzo; chi a studiare giurisprudenza a Sassari: Martino; chi in seminario: Ciriaco. Egidia era femmina: ricamava e aspettava il marito giusto o, nella peggiore delle ipotesi, aspettava di accudire i genitori quando fossero diventati troppo vecchi per badare a se stessi. Con Paolo si era dovuto iniziare tutto da capo, nato all'ultimo momento, inatteso, frutto di un estro primaverile improvviso, nato in dicembre.

Vindice Carta, dunque, curava i terreni dei Mannoni a Lollove. Terreni rilevati da un baroniese per pochi spiccioli, come pagamento di una rata arretrata. Vindice era stato rilevato coi terreni. E Pietro anche, visto che piú di una volta il padre se lo portava dietro in campagna a sfienare o a fare olive quando l'annata lo permetteva.

Pietro e Paolo erano dello stesso anno: 1899. A poco meno di un mese di distanza l'uno dall'altro, eccoli nel mondo: bocche da sfamare, cose da insegnare, domande a cui rispondere... Nati diversamente, certo, come succede nelle storie dei libri: il principe e il povero, insomma. La qual cosa ci ammonisce dal ritenere la letteratura, e le storie che racconta, estranee alla vita e alle vicende che ci riguardano direttamente.

Crebbero insieme, il povero allevato con i resti del ricco. Capitava che Pietro passasse piú tempo a casa Mannoni che a casa sua, e questo perché a Paolo dispiaceva staccarsi da quel compagno di giochi che non era nient'altro che un animaletto domestico su due zampe.

Non aveva uno sguardo affatto rassicurante, Annica, il giorno in cui lo artigliò per il bavero dopo che si fu assicurata che il corpo santo di Paolo Mannoni fosse al sicuro, al caldo e all'asciutto. – Tu sei il demonio in persona, Pietro Carta! – gli sibilò sul muso prima di assestargli una sberla in piena faccia. Lei era la donna di casa, quella che con linguaggio da signori chiamavano «la governante».

– Tu qua dentro, mangiapane a tradimento, non ci metti piú piede, te ne torni da dove sei venuto! A te ti danno un dito e ti prendi un braccio! Domani mattina parlo con don Pasqualino e vedi che fine fai! Tanto cosa credi che non lo so che questa bella pensata è tutta roba tua! Vergogna approfittarsi cosí di chi ti fa del bene! – E giú altre sberle, che non si capiva fino a che punto fossero di rabbia vera e propria o di sollievo per il fatto di riavere in casa sano e salvo Paolo che era la ragione della vita sua. – Prega che non gli sia capitato niente, perché se questa tua trovata gli ha provocato anche una linea di febbre io ti faccio pentire di essere venuto al mondo, Pietro Carta!

A Pietro scappò una lacrima, una sola, ma la ricacciò in gola perché sarebbe morto piuttosto che meritare commiserazione.

Intanto Paolo Mannoni, accudito dalle donne di casa, prendeva sonno.

E sognava di un fosso assai piú grande di quello che poteva contenere quei minuscoli volpacchiotti morti.

tredici

Senza accorgersene, nella furia di quella sottile autocommiserazione, Pietro aveva smesso di avanzare. Davanti a lui i massi tondeggianti dei graniti riposavano sonnecchiando in uno straordinario letargo. Respiravano appena, erano come immensi bulbi che aspettavano di schiudersi a primavera per generare piante arcane e fiabesche.

L'aria fredda falciava le caviglie e faceva crepitare le foglie secche al suolo come se fossero state investite da una fiamma. La qual cosa appariva tutt'altro che azzardata se Pietro considerava quanto bruciasse quel gelo sulla pelle nuda delle sue caviglie bambine. Ora no però: pesanti calze di lana grezza gli tenevano i piedi al caldo e gli scarponi, come nuovi, riparavano bene dal gelo. In trincea aveva imparato a chiodarne il fondo e ingrassarne la tomaia col lardo almeno una volta al mese. Ora indossava calzoni di velluto e una mantella di fustagno sopra la giacca con i bottoni di piombo. E una camicia candidissima. Si era sbarbato. Voleva presentarsi perfetto e sorprendente all'appuntamento.

Quando era previsto che si trattenesse a dormire a casa Mannoni, Annica gli intimava di mettersi seduto davanti al caminetto al cospetto della tinozza dove versava l'acqua calda per il bagno del signorino Paolo. E quando l'acqua era pronta, calda abbastanza e al giusto livello, si faceva portare da una ragazzona di campagna – la teracchedda nuova –, il signorino e, dopo averlo spogliato nudo nudo, con pazienza lo immergeva nella tinozza come un biscotto raffinatissimo in una tazza di tè. Il signorino Paolo, bianco di quella pelle sottile e luminosa che hanno i ricchi, si lasciava fare perché aveva capito da tempo che opporsi ad Annica non era proprio cosa. E come un Cristo giovane giovane di quelli delle basiliche bizantine, prima che gli crescesse la barba e tutto, si lasciava battezzare e accarezzare dai panni tiepidi. Una volta finito di lavare e coccolare quel corpicino santo, Annica lo estraeva dall'acqua coprendolo con teli morbidi perché non prendesse freddo. E se lo metteva sulle ginocchia tutto imbozzolato sedendosi davanti alla fiamma del camino.

– Chi è l'amore mio? – chiedeva a nessuno con la voce di un'innamorata vera. – Chi è il tesoro mio?

Poi si rivolgeva a Pietro, che non si era mosso da dove gli aveva ordinato di mettersi e quasi non aveva respirato, e gli indicava con lo sguardo l'acqua leggermente torbida della tinozza. – Non vorrai mica che ti metta a letto lurido come sei, – gli diceva bruscamente. – Togliti quella roba.

Poi con rassegnazione porgeva il corpo puro del signorino alla teracchedda nuova, che lo portava nella sua camera da letto a prepararlo per la notte. Quindi si metteva in piedi, aspettando che Pietro si spogliasse tutto, finché una volta nudo lo afferrava per le ascelle e lo immergeva nell'acqua usata, e benedetta, ancora tiepida.

Lo lavava senza grazia, dietro le orecchie e sotto le ascelle, sfregava il collo e gli spazi tra le dita dei piedi. Poi con lo spazzolino gli puliva le unghie. Quindi gli lavava i capelli con tanto di quel sapone che occorreva immergerlo tutto per risciacquarglieli. Alla fine lo tirava fuori con la stessa noncuranza professionale di un'ostetrica che estrae un feto dall'utero, e lo asciugava con gesti spicci, come se avesse fretta di constatare il risultato ottenuto. Poi lo guardava, nudo e liscio come una piccola divinità pagana, e sorrideva soddisfatta tra sé e sé. Nonostante l'affetto morboso che la legava al signorino Paolo, e che impediva qualunque confronto con chicchessia, anche quella bestiolina, ora che era stata ripulita a dovere, aveva acquistato una sua bellezza e un aspetto cristiano.

– Non voglio sentire voci o risate, – gli diceva aiutandolo a indossare un vecchio pigiama del signorino che gli manteneva scoperti le cavigliette e i polsi smilzi. – Quando si dorme, si dorme, – rincarava, facendo intendere che a lei questa cosa di far dormire «l'amore suo» con un estraneo non piaceva proprio per niente.

– È lui che... – tentava Pietro con un filo di voce.

– Non m'interessa niente! – sbottava lei, con quella specie di sorpresa che voleva dire quanto fosse costernata del fatto che Pietro avesse anche solo l'ardire di giustificarsi. Come se un gattino o un cucciolo di cane o un orso di pezza avessero diritto di replica. – Impara a stare al mondo, Pietro Carta, – chiudeva Annica tirandolo verso la camera da letto del signorino dove era stata sistemata una branda per lui.

dodici

Riprese a camminare. C'era ancora strada e doveva sbrigarsi se voleva arrivare a Núoro prima che ci fosse troppa gente in giro. Era già capitato che qualcuno lo riconoscesse. Ma non era tanto per quello, nessuno l'avrebbe denunciato o segnalato alle forze dell'ordine. Era per via della sua particolare attitudine a vivere nascostamente. Era per il fastidio che provava a leggere negli occhi altrui piú ammirazione che paura. Non si sentiva ammirevole, non si sentiva ammirabile. Solo come uno che si agita per non affogare, si sentiva.

Eppure qualche anno prima, convocato dal padrone in persona, si era sentito di tutt'altra specie. Se don Pasqualino lo mandava a chiamare, specificando che doveva andarci da solo perché era proprio con lui che voleva parlare, significava che lo riteneva degno di un colloquio da uomo a uomo.

Poco prima di arrivare alla casa si era fermato all'ombra come gli aveva consigliato la madre, perché non si presentasse al padrone tutto sudato. E quell'ansia lo aveva fatto sudare ancora di piú. Perciò si era fermato a un centinaio di metri dall'ingresso laterale del palazzotto, all'ombra di un platano giovane ma già fronzuto, si era annusato le ascelle, asciugato la fronte con un fazzoletto che la mamma gli aveva messo a forza in tasca. Quando il respiro era tornato regolare e l'aria della sera l'aveva asciugato per bene, aveva affrontato l'ultimo tratto e, afferrato il battente a forma di mano che reggeva una sfera, aveva bussato al portone.

Qualche minuto di anticamera aveva dovuto farlo, poi don Pasqualino, chiamandolo da una stanza all'altro capo del corridoio, l'aveva invitato a entrare e ad accomodarsi su una sedia imbottita davanti alla grossa scrivania che stava al centro di quello che in casa chiamavano studio. E quell'invitarlo ad accomodarsi significava in qualche modo trattarlo da adulto e non da quel giovane di appena diciotto anni che era. Ecco, in quel momento preciso Pietro si era sentito come se avesse accolto la vita dentro di sé, dalla bocca, dalle orecchie, dai pori. Da tutto.

Il padrone era intabarrato in una pelliccia pesante, era debole di polmoni e in casa, diceva, aveva sempre freddo. La sua testa oblunga sembrava appoggiata su un corpo di bestia informe e pelosa. Dalle grosse maniche spuntavano due manine bianchissime, sull'anulare della sinistra una corniola quadrata montata semplicemente in oro.

A Pietro era sembrato uno di quegli esploratori damerini che per avventura si fosse trovato a trattare con un capo indiano, là in quei posti con nomi impossibili da pronunciare dove gli uomini affrontano inverni infiniti con indosso pelli di animali fantastici. E forse, pensò, don Pasqualino aveva fatto arrivare da quei posti lontanissimi – Alaska, Klondike – una pelliccia che fosse in grado di ripararlo da quel freddo che si portava in corpo estate e inverno. Dicevano che soffrisse di problemi di circolazione, e che avesse le mani e i piedi piú gelidi di quelli di un morto. Ma tutto questo almanaccare non era durato che l'istante esatto in cui, finalmente, Pietro si era seduto dove gli era stato indicato.

Don Pasqualino aveva preso fiato. – Siamo persone che sanno stare al mondo, – aveva esordito. – Hai mangiato? Ti faccio portare qualcosa da Annica? – E aveva alzato le mascelle e il mento, per farli emergere dal busto peloso, come se fosse pronto a eseguire quello che aveva appena detto di voler fare. Ma Pietro l'aveva fermato con una leggera scossa del capo. – Ti chiederai perché ti ho fatto chiamare, – aveva ripreso dopo qualche secondo don Pasqualino, rimmergendo la testa nella pelliccia, il cui collo voluminosissimo pareva volersi opporre al suo bisogno d'aria.

Vedendo che Pietro non mostrava alcuna reazione il Don, col respiro che curvava il pelo fitto del collo come fa il vento sui campi di grano, aveva continuato. – Sono i tempi che sono. E la guerra sta andando male. Le notizie sono che richiameranno la classe del '99 –. Questa volta Pietro aveva accennato che sí, questo l'aveva sentito dire. – Noi vi abbiamo sempre fatto del bene, no? – aveva chiesto. – A voi Carta, – aveva specificato. – Quando abbiamo rilevato poderi e tutto, a tuo padre l'abbiamo lasciato al suo posto, perché, ci siamo detti, c'ha bocche da sfamare –. Pietro aveva aspettato che l'altro continuasse. – E anche a te, quando eravate piccoli tu e Paolo eravate come due fratelli, no? – Don Pasqualino continuava a chiedere un assenso che non arrivava. – Passavi piú tempo a casa nostra che a casa tua –. Questa volta a Pietro era venuta in mente una risposta netta, ma non l'aveva espressa. Perché fin dal primo momento aveva capito dove quel discorso tangenziale voleva andare a parare. – E anche adesso siete molto intimi, no? Tu e Paolo, – aveva chiarito come se non fosse già tutto abbastanza chiaro. Pietro si era limitato ad accennare, per ammettere che sí: potevano definirsi intimi, lui e Paolo.

In certi pomeriggi assolati sembrava che i corpi di Paolo e Pietro volessero contraddire se stessi. Nonostante fossero esili come giunchi si spingevano al limite della resistenza, correndo finché potevano respirare; gareggiando a sputare finché restava loro una stilla di saliva in bocca; spintonandosi in ogni momento, che salissero, scendessero o, semplicemente, andassero.

Paolo non doveva sudare, e non certo per rispetto delle convenzioni, ma perché, si diceva, era di complessione cagionevole. E il sudore che si raffredda è causa di gravi conseguenze polmonari. Pietro era forte come un cucciolo di muflone. Aveva le piante dei piedi coriacee, poteva arrampicarsi sulle rocce e attraversare campi torridi, disseminati di rovi, senza nemmeno ferirsi. Quelle estati secche assordavano di cicale sino allo stordimento, e poi di grilli, e poi di rospi nelle pozze. I graniti rosa, gelatine di porco, brillavano sotto i raggi. L'aria calda, alito di bue, era impregnata d'erbe putride e di foglie fermentate. Gli alberi subivano, asciutti e silenti, quella esalazione ritmica, inesorabile. Tutto sembrava pervaso da una febbre imbelle, senza tremori o spasmi, se non la vibrazione quasi impercettibile del calore che, esalando dal suolo, faceva traballare il paesaggio. Un'intera popolazione di formiche si era allineata verso una minuscola voragine nel suolo secco che si poteva ostruire con stoppie di fieno per godersi l'ansia delle ritardatarie che d'improvviso arrancavano per conquistarla, e poi, con stupore, si rendevano conto che non era piú possibile. E c'era modo di far impazzire gli scarabei stercorari costringendoli ad accelerare per raggiungere la loro sfera di merda spinta in avanti con stecchetti di legno. Ma anche si potevano gonfiare come otri rospi e raganelle soffiandogli direttamente in gola attraverso una canna.

Erano le estati di quella stagione incompleta della carne viva: le piú fervide e brulicanti che si potessero mai ricordare. Prodotte da sensi giovani e perennemente in allarme; affrontate da corpi dissipatori, incapaci di prevedere economie. Certo in quella fermentazione di fibre e peli e umori, Paolo e Pietro potevano essere definiti intimi. Si guardavano crescere, presumevano il proprio vicendevole sviluppo osservandosi l'un l'altro. Ma senza concepire una fine, perché quelle erano estati infinite.

– Capisco, – aveva confermato Pietro. E la sua voce gli era parsa stranissima mentre risuonava in quella stanza scura, tra le volute delle mantovane di broccato e le tarsie dei pesanti mobili in noce. Ora che gli occhi si erano abituati alla penombra diffusa, di quello spazio poteva persino osservare qualche particolare. L'alito del caminetto faceva sussultare le frange dei tendaggi; le lenti degli occhiali di don Pasqualino, contro il riflesso della fiamma, rivelavano i segni di qualche ditata; la pelle delle sue mani era talmente trasparente da lasciar intravvedere il segno delle vene, come scarabocchi fatti con la matita blu; il ticchettio della grande sveglia barocca alle sue spalle era un suono che si frantumava, preciso e corporeo, rimbalzando tra le pareti; ogni singolo giglio dorato che infestava la carta da parati viveva e moriva nel guizzo della fiamma; persino il cuoio dei braccioli della poltrona imbottita sulla quale era seduto emanava un aroma vivo, palpitava delle mani nervose che, negli anni, li avevano stretti.

– Tu hai fede? – aveva chiesto a un certo punto don Pasqualino. Con un broncio leggero stava soffiando via i peli dell'immenso collo perché non gli finissero fra le labbra.

Pietro non aveva risposto, si era limitato a sollevare entrambe le sopracciglia come a intendere che era quella una domanda a cui non si potesse rispondere con leggerezza.

Ma evidentemente don Pasqualino era d'opinione contraria, perché aveva interpretato quel cenno come un'affermazione. – E certo, – aveva commentato infatti. – A cosa credete voi, ormai? All'amicizia ci credi? – Incalzava, mostrando un che di ansioso.

– All'amicizia, – pareva riflettere Pietro. – All'amicizia sí.

Nonostante la timidezza che li separava dalle cose del mondo, tra loro Paolo e Pietro erano schietti e disinvolti. In quelle estati infinite, prima di pranzo, giocavano alla guerra in cortile, che era un modo per saggiare in vitro gli accadimenti terrestri senza troppi rischi. Ma piú infinite erano le poche ore del dopopranzo, quando Annica li costringeva a letto nel buio fresco della stanza contro la canicola. O quelle che precedevano ogni attività piacevole. Era come se dovessero imparare quanta strada si deve fare per ottenere qualcosa. Ma era piú probabile che, in definitiva, Annica, con quelle piccole prove, ci tenesse soprattutto a dimostrare a Pietro che gli stessi percorsi non sono ugualmente faticosi per tutti. Lei sosteneva che stare al proprio posto poteva significare a volte far parte di un'esistenza senza farne parte, e persino vivere in un ambiente senza viverci. Casa Mannoni non era la vita di Pietro. Annica voleva che non si illudesse, come era successo a lei quando a undici anni era stata messa a servizio.

undici

Aveva capito negli anni di latitanza con quanta semplicità si possa sparire dallo sguardo altrui. Aveva capito quanto conti la certezza del passo, la franchezza dello sguardo, per riuscire a essere completamente invisibili. L'umanità apprezza le eccezioni, si ricorda di quelle, ama le storie di chi le abita. E allora bisogna imparare a discostarsi dall'eccezione, portarsi in giro come se non si avesse assolutamente niente da temere, con lo sguardo schietto del giusto e il passo deciso, ma mai frettoloso, di chi non deve sfuggire a nessun inseguitore. Non era stato facile e qualcuno nel corso del tempo l'aveva senza dubbio riconosciuto, nonostante vestisse da signore, ma non aveva detto niente. E anche questo andava messo in conto. Era possibile che quella che lui considerava una conquista della sua allenata disinvoltura non fosse nient'altro che il risultato di un'omertà diffusa.

C'era stata una stagione in cui aveva ritenuto il suo stato di nemico pubblico un attestato. Poi aveva dovuto fare i conti con la solitudine che ti procura la paura altrui. Col paradosso di restare invisibile per essere visto. In ogni luogo.

Era stata una breve stagione eroica quella del pensare a se stessi come effetto e non come causa. Il non aver saputo reagire con civiltà all'inciviltà.

Ma ora avanzava con certezza: il passo giusto, il respiro giusto. Sapeva di rischiare, sapeva che quello poteva essere il suo ultimo giorno su questa terra. Eppure avanzava.

Si doveva attraversare un tratto in leggera salita costituito dal letto secco di un rivo che aveva solcato profondamente una roccia maestosa. Era un posto di miracoli e apparizioni. Un sito in cui l'Immacolata avrebbe amato palesarsi a chissà chi. C'era tutto: alberi sempreverdi fronzuti che costruivano una navata – perfetta per la noce mistica – proprio in cima alla salitella; un piccolo spiazzo per inginocchiarsi di fronte alla visione, e un cielo talmente immenso che avrebbe reso agevole qualunque levitazione, o stormo di cherubini e dominazioni.

Si fermò di nuovo, forse per attendere quell'apparizione che si era immaginato. Si sedette su un tronco caduto ricoperto di muschio spugnoso. Pensò che se mai avesse assistito a un'apparizione in quel luogo, non sarebbe stato difficile discernere se si trattava di una vera visione, o soltanto di un frutto della sua immaginazione. Diceva a se stesso che se la Madonna fosse corrisposta in tutto a quelle che aveva già visto, figure umane inventate dagli uomini, doveva trattarsi soltanto di un'estensione della sua mente. Perché la vera, autentica, apparizione sarebbe dovuta essere impensabile, si sarebbe verificata senza che lui potesse nemmeno concepirla. Senza che potesse appigliarsi a niente che lui avesse già visto, pensato, sentito prima. Ogni epifania è un baratro, come ogni amore. Miracoli e passioni si rappresentano attraverso l'ignoto. Ci risucchiano nell'imponderabile fino al languore prepotente della rassegnazione. Quando capire consiste nel suo esatto opposto: è solo decidere fino a che punto lasciarsi andare. Lasciarsi precipitare.

Qualche anno prima, nel 1917, in un luogo simile a quello dove lui si trovava, ma in Portogallo, era apparsa l'Immacolata. Quei pastorelli che l'avevano vista non potevano concepirla. Ma quando divenne tutto chiaro, quando la Signora fu concepibile, alla settima volta, Lei smise di apparire abbandonando quelle creature alla loro esistenza di precipizio. Lasciati a subire fino in fondo la loro maledizione testimoniale.

Oh, non troppo diverso da quello che succede in amore.

Pietro si guardò il dorso delle mani che erano come falesie che digradassero a mare. Non aveva mani belle: erano ruvide, scottate dal gelo, e i palmi erano callosi. Ma c'era stato un tempo in cui quelle mani erano state morbide, pronte per le carezze.

Si batté le ginocchia, poi scattò in piedi per rimettersi in cammino. Non voleva pensare a Lucia. Scacciò quel pensiero prima che prendesse corpo, ma non fu cosí veloce e determinato da rimuoverlo. Era quella l'unica apparizione che aspettava, ma solo perché c'era già stata. E quello non era un luogo qualunque. Cosí, per quanto cercasse di non pensarci, non ci riuscí, e dovette serrare le palpebre fino a sentire una pressione dolorosa sui bulbi. Quel dolore poteva servirgli a non ammettere ciò che sapeva da sempre, e cioè che ogni volta che sarebbe passato su quel solco di rivo estinto, sotto quell'arcata di sempreverdi e sotto quel cielo insostenibile, avrebbe pensato alla prima volta che aveva visto Lucia.

– Hai mani belle, – sussurrò Lucia, ma senza che quel sussurro rivelasse incertezza.

Pietro fece di spalle. Aveva indosso un vecchio paio di pantaloni di suo padre di due taglie piú grande, tenuto su da una corda legata in vita, e una maglia di lana ruvida sul torace nudo, bucata ai gomiti. Senza farsi notare si guardò i dorsi delle mani: erano candidi. – Normali, – rispose. Le parlava senza guardarla.

Solo pochi giorni prima aveva scoperto che stava cambiando qualcosa. Come se niente di quello che era stato fino a quel momento riuscisse piú a bastare. I polmoni per esempio sembravano avere piú necessità d'aria di quanto fosse mai successo prima, e i suoi passi sembravano aver bisogno di strade piú lunghe di quelle che aveva percorso fino a quel momento. Aveva quindici anni. Lucia quattordici. Eppure quanto sembrava completa, perfetta. Mentre lui, Pietro, lottava al centro esatto della sua goffaggine, della sua disperata incapacità. Il corpo germogliava con quella che poteva essere scambiata per lentezza, ma era simultaneità, come accade ai mandorli che da un giorno all'altro sono fioriti. Cosí si diceva di lui: ieri eri un bambinetto, oggi sei un uomo.

– Belle, invece, – insistette Lucia.

Pietro portò due dita alla bocca come a interrompere una risposta non abbastanza ponderata, un gesto utile solo a sincerarsi che davvero tra il naso e il labbro superiore stessero spuntando dei baffetti neri e radi.

La ragazza con tranquillità gli afferrò la mano libera per portarsela davanti agli occhi. Che erano di un verde cangiante. Pietro la ritirò terrorizzato, sfuggendo con una certa violenza alla presa di lei. Nessun contatto nella sua intera vita era stato tanto gratuito e insostenibile.

Il pollice di Dio stava modellando quelle vite minuscole, ininfluenti, eppure all'improvviso tanto importanti. La passione dello scienziato per l'infinitamente piccolo, forse; o la passione di un padre saggio per i figli deboli. Chissà. Ora dal bosco arrivava un fragore d'onde come se si fosse in mare aperto. E l'aria, ad avere il coraggio di respirarla tutta, sapeva di salsedine.

– Tu sei Pietro, – affermò Lucia, come se lo stesse battezzando. Sembrava che quel nome che lui aveva avuto da sempre lei l'avesse deciso proprio in quel momento, mentre lo pronunciava.

– Sí, – confermò Pietro con quell'obbedienza resistente che gli aveva causato molti guai con i genitori.

Di lui dicevano che era sempre stato particolarmente testardo. Non come il fratello maggiore Francesco, che lavorava a testa bassa e mai un lamento. Di Francesco si diceva con orgoglio che era stato forgiato bene: tranquillo, obbediente, lavoratore. Ma Pietro! Lui già dalla gravidanza aveva chiarito di che pasta era fatto: ingestibile, *per conto suo*. «Sei per conto tuo, ma ti faccio diventare per conto mio!» lo minacciava la madre. Che poi andava a lamentarsi col marito, suo padre Vindice, che nonostante quel nome guerresco aveva un carattere docilissimo.

– Lucia, – annunciò lei. Portandosi un po' avanti per dare enfasi a quell'annuncio. Aveva il seno piccolo, ma preciso, sotto la blusetta riadattata.

– Sí, – si limitò a rispondere lui, che non riusciva a staccare lo sguardo dai fiorellini intricatissimi che puntellavano il tessuto color vinaccia della camicina. Quando divenne impossibile intrattenersi oltre, prese fiato: – Sei di quelli dei Pirisi –. Si parlavano come se sapessero tutto l'una dell'altro.

Lei confermò: era di quelli dei Pirisi, la terza figlia.

Lucia Pirisi e Pietro Carta, dunque.

Dio sputò sulle figurine di argilla che aveva appena finito di modellare. Le osservò per bene inclinando il capo, poi fece una smorfia.

La luce circostante, in quel dicembre del 1914, invitava alla minuzia. Invitava a godersi il privilegio dello sguardo, ammesso che si avesse tempo e voglia.

Ma, oltre a tutto il resto, anche lo sguardo di Pietro sembrava non avere piú l'efficienza incosciente di un tempo. Gli fece fatica costringersi a non guardare Lucia con la stessa sfrontatezza con cui lei lo stava guardando. Non c'era alcuna ragione di restarsene lí l'una di fronte all'altro, nessuna ragione che a lui apparisse spiegabile o buona.

Lucia sembrava non avere affatto quel problema. – Passi sempre da questa parte, – gli disse.

– Sí.

– Lo so. Non era una domanda, – aggiunse lei. – Ti ho visto.

Pietro questa volta la guardò dritto in faccia con quell'occhiata ingovernata che lo faceva sembrare torvo. Come quando aveva dovuto subire una posa, con tanto di forcella alla nuca, per l'unico ritratto fotografico che gli fosse mai stato fatto.

A Lucia scappò da ridere. – Ti ho spiato, insomma.

– Non si spia, – sussurrò Pietro tornando improvvisamente bambino. Ora riconosceva in se stesso un che di non compiuto. Come quando lamentava dolori atroci alle gambe e la madre tagliava corto dicendo: «Poi passa, stai crescendo». – Ma io com'è che non ti ho vista? – chiese schiarendosi la gola.

– Perché non volevo farmi vedere, – rispose Lucia, semplicemente. Scosse leggermente il capo per accompagnare quella risposta e darle enfasi. Quel ragazzo non sapeva assolutamente niente del mondo. Era puro come si può essere puri nella natura.

Pietro fu costretto a dubitare di quell'affermazione: – Quindi tutte le volte che prendo una lepre è solo perché vuole essere presa? – chiese.

Lucia ci mise qualche secondo di troppo a rispondere. Quell'improvvisa proprietà di linguaggio e di senso l'aveva sorpresa. – Dipende sempre da chi è il cacciatore e da chi è la preda, – disse senza aggiungere nient'altro che Pietro non fosse tranquillamente in grado di pensare da solo.

– Non volevo dire che sei come la lepre, – sussurrò lui infatti, ma senza dare a intendere che si stesse scusando. Sentiva una biscia che gli correva lungo la schiena e che, passando per il collo, gli attraversava lo sterno imbrunito da qualche peletto scuro. – E comunque non c'è bisogno di spiare, – ribadí.

L'aria intorno, lo sguardo insistente di lei, la biscia che sentiva sulla pelle, gli fecero irrigidire i capezzoli. La vergogna per il suo corpo che decideva in autonomia, e lo sfinimento per i continui tentativi di mantenerne il controllo, lo costrinsero a sedere sul tronco di un albero morto, precipitato al suolo, ricoperto di muschio spugnoso.

dieci

Eppure, per un motivo sconosciuto, nonostante avesse decretato dentro di sé la fine di ogni possibile illusione, per un istante si illuse di poterla rivedere. Esattamente dove era comparsa una vita prima, quando tutto doveva ancora accadere. E gli aveva detto quanto belle fossero allora le sue mani. V'immaginate: una donna che dice una cosa del genere a un uomo?

Non che avesse fiducia nelle apparizioni, ma Pietro era stato in trincea. E in trincea aveva imparato molte cose sulle apparizioni. Aveva conosciuto un fante che asseriva di aver assistito in prima persona all'apparizione di San Giuseppe. Certo all'epoca era solo un bambino, raccontava quello, ma la certezza che quell'apparizione fosse reale – per quanto potesse valere il paradosso di definire reale un fatto tanto inspiegabile – gliel'aveva data la perfetta corrispondenza fra l'immagine del Santo che aveva visto nella sua parrocchiale e quella dell'uomo che si era palesato davanti ai suoi occhi.

Va detto che in trincea si raccontava di tutto: qualunque credenza, qualunque fede era benaccetta. Era benaccetta qualsiasi contraddizione. Del resto si viveva sepolti pur essendo vivi, e una volta morti si rischiava di imputridire all'aria aperta, senza una tomba, incastrati nei fili spinati. Se non si credeva a questo, che pure era sotto gli occhi di tutti – se si poteva cioè fingere di non sentire il puzzo delle carcasse, di uomini e anche di bestie, che si disfacevano seminate nella terra di nessuno –, allora si poteva credere a tutto, fingere tutto, avere fede in qualunque cosa. Per quei ragazzi partiti dal centro del Mediterraneo per essere rigurgitati sul Carso, credere che i sogni fossero visioni non era mai stato impossibile.

Nella lingua di quel fante *sogno* si diceva proprio *visione*. Cosí quel ragazzo poteva raccontare di un San Giuseppe con tanto di mantello scuro e veste marrone e barba bianca e sguardo paterno, che spesso durante la sua infanzia si era palesato ai piedi del letto. Senza mai proferire parola, solo guardandolo con la placida virilità di un padre autorevole. Proprio a lui che il padre non l'aveva mai conosciuto. Si poteva aver fede in quella visione, perché riempiva un vuoto.

(Ora, nel vuoto di qualunque senso, si potevano raccontare faccende talmente inspiegabili da rendere tutto il resto spiegabile. Di quando le fiamme voraci, compiendo un arco immenso, saltarono il poderetto del piú povero del paese, salvandogli quei pochi ulivi che era riuscito a sottrarre ai creditori, alla rovina e ai rovesci che l'avevano reso mendicante. Di quando una statua di bronzo di un Papa aveva ribaltato ogni legge fisica, galleggiando sulla superficie del mare come fosse di sughero…)

Durante un breve pattugliamento nell'entroterra avevano raggiunto una zona che era stata abitata. Paolo si era spinto in avanti nell'area dove forse sorgeva una chiesa: un edificio semplice, a giudicare dalle macerie. Pietro l'aveva seguito con lo sguardo per sincerarsi che non s'inoltrasse in punti pericolanti. Il passo dei soldati faceva reagire quel terreno invaso dai calcinacci e da schegge di travi.

Si avviarono verso un casale in apparenza intatto che svettava incongruo in quel paesaggio di edifici completamente rasi al suolo. Il risultato di un'esercitazione dell'artiglieria austriaca, sussurravano i soldati, e siccome quel paese ormai morto si trovava qualche chilometro dietro le trincee italiane, un modo come un altro di mostrare quale fosse la vera gittata degli obici del fu Cecco Beppe. Di quel casale, che tanta speranza aveva suscitato nei soldati, tuttavia non era rimasta che la facciata meravigliosamente intonsa e i due angoli portanti. Oltre l'ampio ingresso, di quelli che potevano accogliere carri e carrozze, il vuoto. Il plotone s'inoltrò, calpestandone il tetto, in quel vuoto.

Pietro per qualche minuto aveva perso di vista Paolo. Si era voltato per cercarlo e l'aveva trovato in cima a un piccolo cumulo di macerie non troppo distante dall'area della chiesa, che si sbracciava verso di lui. Gli era corso incontro seguito da due reclute, mentre Paolo, ritto su quel cumulo di travi e mattoni, indicava un punto preciso nemmeno un metro sotto di lui, dove il crollo aveva formato un piccolo cratere cieco. Pietro aveva fatto segno a tutti che tacessero, poi si era chinato posando l'orecchio poco distante da quella bocca spalancata.

Dopo qualche secondo aveva detto che là sotto c'era qualcosa di vivo, qualcosa che ancora respirava... aveva cominciato a tastare la superficie di quel cumulo e poi a frugare con la mano in modo da raggiungere l'intercapedine dove respirava quell'essere che pareva aver avuto una possibilità che a tutti nel villaggio era stata negata. Aveva affondato il braccio fino al gomito, finché con i polpastrelli non era riuscito a sfiorare l'epidermide che non sembrava affatto quella di un animale domestico restato intrappolato, ma quella di un bambino.

Lo avevano estratto stordito ma illeso, senza un graffio. Aveva al massimo quattro anni e non parlava, li guardava a uno a uno, quei ragazzi in divisa che si erano adoperati per farlo rinascere... Era seguito un lunghissimo istante di silenzio talmente assoluto da far temere che nessuno avrebbe parlato mai piú, che nessuna creatura avesse una voce. Ciascuno di quei soldati faceva fatica a ricordare persino il proprio nome e, sorridendo, a ricordare quando fosse stata l'ultima volta che aveva sorriso. Qualcuno forse pensava a quando, nonostante dicessero che si trovava in un'area fuori tiro, il magazzino delle derrate per la truppa era stato colpito da un tiro d'obice austriaco che l'aveva distrutto completamente. Il caporale Santi, incaricato alla distribuzione, era stato ritrovato a tre o quattrocento metri dal punto dell'esplosione senza una gamba ma ancora, incredibilmente, vivo. Segno evidente che a tutto si può sopravvivere, no?

Paolo aveva soffiato via dalle palpebre del bambino dissepolto un velo di polvere, calce e fuliggine. Quella creaturina tremava, e a tutti parve che improvvisamente anche la terra sotto di loro tremasse. Quasi avessero sottratto quel bambino alle fauci di un drago che ora lo reclamasse. Ma si trattava dell'ansimare degli obici che volevano liberarsi dei proiettili con un colpo di tosse.

Un'esplosione poco distante aveva rotto qualunque stasi: quell'immagine di Pietà si era disordinata in un secondo perché tutti avevano cercato riparo per sé e per il bambino.

(... di quando grandinarono chicchi grossi come noci mature, che infransero vetri e spezzarono rami, in luglio, in pieno sole, senza un'avvisaglia, senza un turbamento. Di quando i genitori morti aiutarono un pastorello che si era perduto a ritrovare la strada di casa...)

A quel fragore improvviso e reiterato era seguito un altro silenzio pieno di attese, piú silenzioso del precedente perché privo di illusioni. L'intero plotone ancora ammutolí e ancora, ancora, attese, proprio come se stare in attesa senza quasi respirare fosse l'unica possibilità rimasta.

Il bambino pareva respirare a fatica, Paolo gli agitò la mano sporca a pochi centimetri dagli occhi vuoti e cercò lo sguardo di Pietro.

Pietro lo ricambiò come sapeva lui, con quel modo impercettibile di serrare la bocca che l'amico avrebbe riconosciuto, per impedirsi di parlare. Per impedirsi di dire quello che aveva capito da subito, e cioè che quella creatura non sarebbe sopravvissuta, perché aveva già visto in natura puledri sani, apparentemente perfetti, che pure avevano quello sguardo e non erano sopravvissuti. Aveva visto agnelli robusti che dopo due passi erano stramazzati al suolo. Aveva visto le morti premature di due dei suoi fratelli, vispi e vitali all'apparenza. E aveva visto insetti meravigliosi il cui destino era vivere meno di un giorno.

Paolo contenne quella rivelazione che aveva colto con certezza e si sforzò di non mutare in nulla l'assetto del viso, perché rompere quella fissità poteva significare ammettere la morte di qualunque speranza. Perciò il bambino spirò. E tutti si stupirono come fa chi non conosce abbastanza quale maleficio sia stare al mondo.

Non troppo distante dalle macerie, il cimitero della piccola comunità era intatto; lí il bambino venne seppellito. Ognuno aveva dentro di sé un pensiero, un fatto, che poteva esprimere l'inesprimibile. Ognuno, nero di terra e fuliggine, poteva declinare, a suo modo, il fantastico. E tutto era lecito. Non un confine, mai che qualcuno potesse affermare che quanto si diceva era incredibile: tutto, tutto, era perfettamente credibile. Tranne trovarsi lí a combattere.

Tentarono una preghiera, ma non c'erano preghiere se non assistere all'istante preciso in cui il sole si inabissò lasciando un segno, una traccia pallidissima del suo precipitare, un breve riverbero che alcuni raccontarono essere verde smeraldo, altri azzurro, altri violetto...

(... di quando ci s'innamora di una donna che poi risulta essere a sua volta innamorata...)

Lucia si era dileguata verso casa, scomparendo esattamente come era apparsa. Pietro si era guardato intorno per un attimo prima di prenderne atto. Una giovane acacia selvatica aveva vibrato e lei era sparita oltre l'ansa della roccia con un'istantaneità che avrebbe messo in dubbio che ci fosse mai stata, che un istante prima fosse proprio lí davanti a lui e che gli avesse parlato. Era certamente questo il destino delle apparizioni: di costringerci a trasmigrare dal territorio della ragione a quello della fede. Anzi: di voler dimostrare che non c'è alcuna differenza tra essi. Oppure, ancora di piú: di costringerci a definire fede quanto scopriamo di non saperci spiegare. La qual cosa presuppone che possano esistere come temi di fede solo quelli che non dipendono dalle condizioni o dall'educazione di ognuno. Certo il fuoco ad alcuni può apparire ancora magico, per altri è il frutto di una reazione nota. Quanto piú cresce l'esperienza tanto piú s'indebolisce la fede.

Perciò, a distanza di molti anni, Pietro poteva dire che tutto ciò che aveva vissuto in quel luogo non era stato altro che vita vera, e non, come aveva creduto a lungo, un'apparizione miracolosa o, peggio, un segno del cielo. Il cielo non lascia segni. Semmai sono gli uomini che lasciano segni nel cielo.

nove

Quello che aveva addosso in quel momento, di cielo, si fece incerto e livido: forse erano le sei, forse le sette. Dietro alle balle compatte di nubi gonfie e viola si poteva intravvedere un nitore di azzurro pieno. Dall'altro universo il sole era sprofondato fino a lui. Da bambino non riusciva a spiegarsi il mistero dello stare al mondo. E quando pensava «stare al mondo» non si riferiva certo alla capacità di cavarsela, ma proprio al calpestare questa terra, una sfera rotante nello spazio infinito. Per qualcuno quello stesso esistere significava un atto di fede, qualcosa che lotta quotidianamente contro ogni logica. Ma, del resto, solo agli uomini pigri, che sono la maggior parte, interessa la logica: a tutti gli altri interessa misurarsi con ciò che non è immediatamente spiegabile. Lo stare al mondo, dunque: vivere ancorato al suolo come se si avessero delle ventose sotto le piante dei piedi. Ventose che non c'erano, questo poteva affermarlo con certezza. Mille e mille volte Pietro se le era esaminate per sicurezza, contorcendosi, e non le aveva mai intravviste.

– Quando noi siamo a testa in su i cinesi stanno a testa in giú, l'ha detto il maestro.

– Ah, e come fanno a non cadere? – chiese Pietro.

– Non cadono perché vanno a dormire, – spiegò Paolo con convinzione. Poi sfilò il suo quaderno di grammatica dalla cartella. – Oggi abbiamo fatto i verbi ausiliari, – disse.

– Quindi non cadono perché vanno a letto? – continuò Pietro. – Questo vorrebbe dire che anche noi quando siamo a letto siamo a testa in giú?

Paolo parve pensare per qualche secondo a una risposta, poi si limitò a fare di spalle. – I verbi ausiliari, – ribadí come se stesse offrendo del pesce fresco a un gatto. Sapeva quanto quell'altro tenesse a imparare le stesse cose che imparava lui. E non gli dispiaceva affatto, anzi lo faceva sentire ancora piú importante di quanto già non fosse. – Essere e avere, – annunciò con quel tanto di enfasi che assumeva tutte le volte che faceva il maestro.

– Ma allora vuol dire che siamo attaccati alla terra? – riprese Pietro.

A Paolo questa volta scappò da ridere. – Se fossi attaccato come dici tu, come faresti a camminare? – domandò come se volesse sbrigarsi a liquidare quella faccenda. – Che asino, – aggiunse.

– Sí, ma se non siamo attaccati perché non cadiamo? – si ostinò Pietro.

– Perché dormiamo, – ricominciò Paolo. – Proprio come ha detto il maestro, e il maestro sa tutto. Se no mica lo lascerebbero insegnare.

Pareva un argomento definitivo.

Li aspettava un pomeriggio sonnolento, di quelli che, nel tempo fermo in cui erano imbozzolati, sembrano letti rifatti con lenzuola umide. Con la malinconia di quella notte che cala sempre piú presto e fa venir voglia di non essere mai nati. Ma la casa di Paolo era moderna: per loro – i ricchi Mannoni – avevano fatto passare persino i fili della linea elettrica che alimentavano un'illuminazione domestica gialla e tremolante, ostaggio di qualunque intemperia, ma che, tuttavia, differiva di qualche ora quell'agonia oscura delle notti invernali. A Pietro niente sembrava piú moderno e affascinante del ronzio emesso da quelle bolle di vetro luminose. Bastava ruotare quello che don Pasqualino chiamava «interruttore», ed ecco che la luce giallastra di un pomeriggio inoltrato agostano si diffondeva per la stanza nonostante si fosse a febbraio. Ad Annica quella forzatura non piaceva, si rifiutava decisamente anche solo di accostarsi a quella magia: a lei le cose piacevano nella disperata condizione in cui le aveva trovate quand'era venuta al mondo.

I verbi ausiliari, dunque. E servili. Si trattava del fatto che anche nella grammatica, come nella vita, c'è chi comanda e chi obbedisce. Sarebbe a dire che esistono verbi servitori che permettono ad altri verbi padroni di spostarsi in altri tempi, e spesso in altri luoghi. Perché una cosa era, per esempio, «generare», azione che quel verbo padrone, come gli umani, preferiva fare in prima persona; un'altra era «essere generati», che implicava che qualcun altro prima di noi avesse esercitato quella funzione; ma un'altra cosa ancora era «aver generato», che significava attestare, e santificare, l'esito specifico contenuto nel senso primo del verbo padrone. Ora senza quegli umili «essere» e «avere», che accompagnano quello sbruffone del participio «generato» - voce del verbo «generare» -, tutto questo non sarebbe chiaro. Addirittura, secondo alcuni, nemmeno avverrebbe. Tanto è il peso delle parole e dei concetti che esse plasmano.

A Paolo la parola *plasmare* piaceva particolarmente, forse per quel tanto di ludico e artistico che esprimeva. Lui era bravo a «fare le cose», come affermava orgogliosamente Annica. Sapeva intagliare il legno per esempio, e sapeva incorniciare con una grazia e una precisione certosina qualunque pagina del suo quaderno di bella. Sapeva scrivere in un corsivo elegantissimo frutto di una sapiente pressione del pennino sul foglio, e anche di un particolare talento nel capire fino a che punto andava intinto nell'inchiostro. Tutte cose che Pietro non era capace di fare. Per lui ogni tentativo di scrittura con la penna si risolveva in uno stillicidio di gocce nere che si andavano a schiantare sulla superficie porosa della carta. Ma col lapis se la cavava discretamente, anche se, come rimproverava Paolo, tendeva a calcare un po' troppo.

Persino quel «calcare un po' troppo» finiva per significare qualcosa fuori dal suo significato stesso: Pietro era uno che «calcava». E questo era il segno di una condizione non pacificata. Per quanto sembrasse pacato, in lui restava una misura non colmata di inquietudine. Sembrava volesse continuamente emendare una certezza, e cioè che non ci fosse un'alternativa alla vita che quella di essere stato generato lí. Per Paolo, com'è facilmente comprensibile, quello stesso luogo e quello stesso tempo non erano stati affatto un problema, né avevano generato inquietudini di alcun tipo. E questo la diceva lunga su chi dei due fosse il verbo servile.

Poi aveva smesso di esserlo. Perché la vita non sempre conduce dove pare a lei. O meglio: conduce chi si fa condurre. E Pietro, a un certo punto, aveva deciso che non si sarebbe piú lasciato condurre e che non avrebbe dato retta a chiunque dicesse che come si nasce si muore. Decise che non sarebbe stato un «essere» o «avere» qualunque. Lo attestava il suo stesso essere lí.

I bagolari presero a fremere e sibilare come quando l'aria o l'acqua gelide s'insinuano fra le fessure dei denti. Le loro bacche violacee, attaccate dagli uccelli, mostravano, oltre la polpa martoriata, i semi stondati con cui si diceva facessero i rosari.

Pietro si sentí come se dovesse piangere e si sforzò oltre ogni immaginazione di non farlo. Questi accessi erano iniziati in trincea quando la noia e l'incertezza sottraevano qualunque possibile energia. Perché in guerra, e in quella guerra, ne uccidevano piú la noia e l'attesa che il nemico. Piú volte si era detto che niente fosse cosí logico quanto nutrire quel particolare sentimento di perdita e di disperazione lontano da casa, lontano dagli affetti, lontano da qualunque senso. Ma quel sentimento era tornato, intatto, a casa con lui. La qual cosa forse poteva significare che non aveva tutti i torti chi affermava che, per quanto si tenti, ai propri demoni non si sfugge.

Il demone di Pietro era quello di voler determinare le cose. Anche contro ogni logica. Per esempio, si era rifiutato con tutto se stesso di dar ragione a coloro che lo ritenevano morto o, nella migliore delle ipotesi, disperso dopo la fuga dal convoglio che lo portava al nuovo assegnamento, e alla diserzione. Per cui quando, solo sette mesi prima, era ricomparso come lo spettro di se stesso e aveva trovato quello che aveva trovato – Paolo vivo nonostante l'avesse creduto morto, il padre e il fratello morti nonostante li avesse creduti vivi, la madre mendicante e al freddo nonostante l'avesse ritenuta protetta e al caldo –, aveva dovuto rassegnarsi al fatto che per quanto si sforzasse di mantenere la fede nel mondo, nell'amicizia, in Dio, e per quanto tentasse di ricorrervi per frenare la rabbia cieca che lo impregnava, aveva fallito. E non aveva piú fede nel mondo, nell'amicizia, in Dio.

Un battito d'ali lo riportò alla realtà: quel viaggio, o cammino, o pellegrinaggio che fosse, poteva condurlo alla morte, ma non aveva paura. Una coppia di merli banchettava tra le fronde degli spaccasassi. Un cielo scialbo e albuminoso prometteva una luce pallidissima. Faceva un freddo accidioso. Si strinse nella mantella pesante.

– Quindi all'amicizia ci credi, – si era intestardito don Pasqualino. E aveva aspettato che l'altro desse un segno. Pietro aveva fatto cenno di sí. – Paolo è amico tuo, no? – aveva detto finalmente. Ancora una volta Pietro aveva fatto un cenno affermativo.

Nella stanza dove don Pasqualino continuava a fare domande, improvvisamente era entrata un'oscurità densa, segno che, fuori di lí, il sole continuava a tramontare. Perciò il Don si era sollevato dalla sua sedia con un gesto incompiuto, quasi non fosse stato sicuro di riuscire a portarlo a termine. Fatto sta che si era messo in piedi. Adesso la pelliccia sembrava davvero un corpo estraneo e animato su cui fosse stata avvitata una testina piccola e pallidissima. Con un sospiro, che significava un tentativo di radunare le forze, don Pasqualino si era diretto verso la parete dove, a fianco di una miniatura a smalto, era collocato un interruttore di porcellana, dal quale si dipartivano i bianchi fili ritorti che portavano la luce fino al lampadario. E infatti, ruotata la linguetta che apriva la chiusa e faceva sgorgare libera la corrente, ecco che tutto l'ambiente era stato invaso da un chiarore ronzante e ambrato. Le bocce di vetro sottilissimo baluginavano come candele esposte al refolo di una finestra socchiusa. Ogni colore aveva preso un'altra forma, la pelle di don Pasqualino virava dall'avorio al giallo pallido, i suoi capelli radi dal nero al castano, i suoi occhi dall'ossidiana all'ambra e le sue labbra dal violaceo al marrone.

– E allora lo devi dimostrare che è tuo amico, Paolo, – riprese ritornando a sedere sul suo scranno. Ora tutto era piú visibile, ora si poteva osservare ogni oggetto che infestava quello spazio concluso. La luce tremula aveva contribuito a chiarire quanto fosse colmo di libri, utensili, statuine, ninnoli, quadri, drappi, frange... Una specie di caverna della civiltà, covo di ladri ricettatori, magazzino di banco dei pegni, un utero dove don Pasqualino andava a rifugiarsi in mezzo alle sue cose. Il che lo dichiarava per quello che era: un uomo incapace di sintesi, perennemente distratto dal pensiero di sé, profondamente egoista.

– Cosa devo dimostrare? – chiese Pietro.

– Che sei un uomo di parola e che quello che dici è vero, – precisò don Pasqualino.

Pietro ci mise un poco a definire dentro di sé un significato per l'affermazione che aveva appena sentito pronunciare. E solo quando credette di averlo trovato rispose: – E quando, di grazia, io non avrei mantenuto fede alla parola data? – chiese.

A don Pasqualino scappò dalle labbra una risata veloce. Questo era proprio il tipo di risposte che si aspettava. E che gli piacevano. – Non so, io esco poco e non ascolto quello che si dice in giro, dimmelo tu, Carta Pietro, se sei uno che quando dice una cosa la fa, – replicò allargando le enormi braccia irsute.

Tutto questo girare intorno sapeva di mariane che annusa la preda da addentare, e infatti con quella luce la pelliccia di don Pasqualino si rivelò di volpe. – Paolo lo dobbiamo arruolare, – ammise alla fine, e quel girare in cerchio prese un senso proprio come se fosse scattato un altro piú efficiente interruttore. – La famiglia si è riunita, – specificò come se parlasse a un parente, come se il verbo principale e quello servile e ausiliare fossero finiti in un'istantanea, imprevista parità. A Pietro quell'intimità improvvisa parve persino imbarazzante, tanto che si vide costretto ad abbassare il capo. – Abbiamo deciso che questa volta non si può evitare, per il bene di tutti, anche quello di Paolo. Lo capisci?

Pietro tentò di dare una risposta qualsiasi, che sembrasse un segno di apprezzamento per la familiarità di cui don Pasqualino lo riteneva degno. Ma riuscí solo a fare un gesto col mento come quando il collo della camicia comincia a darti fastidio, e niente di piú.

(Gli venne in mente un pomeriggio di qualche anno prima, Paolo e lui avranno avuto sí e no dodici, tredici anni, quando durante una spedizione in quello studio trovarono certe fotografie di donne in pose provocanti... Gli scappò un accenno di sorriso).

Don Pasqualino fece finta che quell'accenno valesse una risposta chiara. Con calma si sfilò gli occhiali e si massaggiò leggermente il setto nasale. Quell'azione lo costrinse a chiudere gli occhi e a rivelare quanto sottili e attraversate da filiformi capillari bluastri fossero le sue palpebre.

– Cosí abbiamo pensato a te, – aggiunse prima di aprire gli occhi.

Senza gli occhiali addosso aveva un viso spaventosamente neutro, come quello di certi martiri dei dipinti.

– A me? – chiese Pietro semplicemente.

– A te, – confermò don Pasqualino, come se non fosse necessaria alcuna spiegazione aggiuntiva. Che invece, evidentemente, era necessaria. – Non possiamo farlo partire da solo. Lo capisci? – ripeté, ma questa volta con una punta di aggressività in piú, quasi a dire che si stava seccando di dovere spiegare quanto era cosí chiaro.

– E quindi cosa volete? Mi devo arruolare anche io? – domandò Pietro.

– Sarebbe proprio il modo di dimostrare che quello che dici sulla tua amicizia con Paolo corrisponde al vero.

– Mio padre è anziano e mio fratello, lo sapete anche voi, è troppo... – Pietro cercò una parola in giro, ma pareva l'unica cosa che mancasse nel fitto di oggetti di quella stanza.

– Semplice? – tentò don Pasqualino.

– Non legge e non scrive, lavora e basta, arriva dove arriva: c'è bisogno di me in casa.

– Ah, e a te chi te l'ha insegnato a leggere, scrivere e fare di conto, Pietro Carta? – chiese don Pasqualino come se non avesse aspettato altro che poter fare quella domanda.

– Paolo. Paolo me l'ha insegnato, – fu costretto ad ammettere Pietro.

– Me ne occupo io dei tuoi. E quando tornate da questa pazzia, ti ritrovi sistemato –. Era come patteggiare un accordo in tribunale.

Dalle parole di don Pasqualino risultò chiaro che non sussisteva alcun pericolo di vita nell'arruolarsi in quella guerra che tutti dicevano essere agli sgoccioli. Si era informato per bene, aveva oliato i giusti ingranaggi e poteva fare in modo che nessuno dei due fosse assegnato a missioni pericolose o spedito al fronte. Entrambi sarebbero stati destinati a funzioni logistiche e nelle retrovie. E questo a suo dire annullava qualunque pericolo.

Che le cose si sarebbero rivelate completamente diverse una volta arrivati al battaglione, Pietro non poteva saperlo né immaginarlo; ora gli stavano chiedendo di tenere fede alle sue affermazioni, gli stavano dando garanzie per la sua famiglia, gli stavano imponendo di risarcire in termini di riconoscenza quanto aveva ricevuto gratuitamente. Gli stavano chiedendo di accettare e di esercitare quella funzione di verbo servile e ausiliare per cui pareva essere nato.

– Ne parlo in casa, – sussurrò Pietro in un ultimo barlume di resistenza.

Don Pasqualino scrollò le spalle in un gesto di stizza evidente, il che parve costargli una fatica immane considerando tutto il peso che aveva addosso.

– E di cosa devi parlare? – lo aggredí, ma dando a intendere che non si trattava ancora di aggressione. – Eh? Di cosa?

Pietro abbassò la testa. – Dovrò avvisare, no? – replicò

badando a camuffare, col tono sostenuto della voce, quel senso di frustrazione, rabbia e ansia che sentiva dentro.

– Avvisare, sí, – concordò don Pasqualino ritornando inespressivo.

otto

La voce del bosco suggeriva la ritirata. Era chiaro che accettare quell'abboccamento avrebbe potuto significare consegnarsi al nemico. Ma Paolo aveva mandato a dire che voleva parlargli, che avevano cose da chiarire una volta per tutte. C'era da fidarsi? Dopo tutto quello che era successo? Magari no, ma fidarsi o non fidarsi non era certo il punto.

Era nel mezzo del cammino, come avrebbe detto Dante, e non in senso metaforico. Poteva vedere la roccia che tutti chiamavano «muninca» perché pareva una scimmietta accovacciata. E poteva vedere quanto fosse minuscola quella radura che solo due anni prima, avanti la partenza, gli era sembrata cosí ampia. E quei nudi filari di asfodeli che il vento o gli uccelli avevano piantato talmente simmetrici che parevano frutto di un'azione pensata anziché casuale, come se la Natura agisse per sistemi matematici. Poteva vedere inoltre fino a che punto le acque piovane avevano solcato il terreno compatto. Incidendolo come se si trattasse di creta molle per disegnare reticoli in tutto simili ad ali di libellula. E anche il gruppo di gelsi bianchi, da cui Lucia, in estate, raccoglieva le bacche per la composta, poteva vedere. Erano stati piantati da un possidente di Orgosolo, quei gelsi, perché le loro foglie nutrissero i bachi da seta che servivano a tessere le bende degli abiti da sposa che in quell'angolo di mondo sono sontuosi e coloratissimi.

Sarebbero partiti nella seconda metà di marzo, servo e padrone. O, come nelle spedizioni antiche e nei classici, scudiero e cavaliere. Quijote e Sancho. Solo qualche parente annichilito dal sonno e dall'umidità mattutina, che era arrivata prima della luce stessa. La madre tremante di Pietro, Annica, dritta e fiera come un'erma.

È cosí che intrapresero quel viaggio Paolo e Pietro, padrone e servo, principe e porcaro. E dovettero imparare la teoria dei paesaggi che parevano scorrere oltre i finestrini opachi del mezzo militare che li trasportava, talmente vibrante a ogni asperità del terreno da far temere che si potesse disarticolare fra una buca e l'altra. Ma erano loro che partivano, per andare lontanissimi, al corno grande della forca. Il paesaggio, per quanto fingesse di correre, restava esattamente dov'era e dov'era sempre stato e dove sarebbe rimasto. Dovettero imparare dunque che viaggiare è sempre dover mutare lo sguardo con ostinazione e, con ostinazione, superare l'ansia di quel mutamento. Perché i semplici nomi – alberi, monti, colline, ruscelli, nuvole, cielo, mare – non bastavano a definire quasi nulla di ciò che sfuggiva davanti ai loro occhi. Perché tutto ciò che sapevano, o credevano di sapere, all'improvviso appariva talmente ridotto da far risultare immensa, annichilente, paurosa, quella multiformità.

Una volta rigurgitati dal ventre del piroscafo-cetaceo che li aveva condotti oltremare, sulla riva opposta, dove c'è quel Continente Italia che avevano solo ipotizzato a partire dalle loro scarse competenze; una volta radunati, a centinaia e centinaia, in un numero di umani che pareva impossibile da computare; una volta messi in fila in teorie come di formiche operaie o termiti; solo allora poterono prendere atto di quanto colossale possa essere lo spettacolo del mondo. E di quanto fosse minuscola tutta quella grandezza che avevano creduto di abitare.

Giovani maschi in divisa intimarono loro di spogliarsi degli abiti. Quelli che capivano l'italiano procedettero, gli altri obbedirono solo per imitazione, vedendo che intorno a loro qualcuno cominciava a sfilarsi la giacca e la camicia o le grezze maglie di lana domestica direttamente sulla pelle, o i pantaloni informi tenuti su da lacci o corde sottili. Piú d'uno portava l'abito tradizionale, e in mezzo a quella massa apparve cosí straordinariamente incongruo da dare la certezza che, con l'attraversamento del mare, si era proprio arrivati all'altro mondo. Qualcuno poteva permettersi la biancheria, la maggior parte non la portava. Qualcuno pudicamente si guardava intorno prima di abbandonare l'ultimo indumento e restare completamente nudo come gli era stato ordinato. E allora era necessario chiarirglielo ulteriormente in una lingua che capisse, «ti deppes irnudare!» sbraitavano perciò caporalini sardi, perfettamente confezionati nella loro uniforme, rivolti a quelle reclute disorientate e incapaci di reagire.

Poterono constatare a quel punto, con tutta evidenza, la straordinaria varietà dei visi umani per esempio, e delle stature, e delle complessioni, e delle voci, e degli sguardi. Persino degli odori. Poterono prendere atto di quanto multiformi potessero essere le fattezze fisiche, le linee delle nuche o delle ascelle, il disegno dei genitali, la distribuzione dei peli, la conformazione dei glutei, la proporzione dei polpacci e delle caviglie, la lunghezza dei piedi. Poterono assistere alla mutazione della luce di quel magazzino immenso brulicante di carne umana che passava dal riflettere le variazioni grigio-nere e marroni dei corpi vestiti a quelle rosate dei corpi nudi. Di lí a poco, finiti i controlli sommari di un plotone di medici in camice bianco, e concesso il permesso alle reclute di rivestirsi con le divise che venivano assegnate, tutta quella luce d'incarnati si sarebbe trasformata in un unico ostinato tono di verde.

Le misure certo erano quelle che erano: pantaloni troppo stretti o troppo larghi, scarpe troppo grandi o troppo piccole, giacche lasche o attillatissime. Ancora una volta i caporalini sardi dovevano intervenire per autorizzare scambi e passaggi di indumenti da una recluta all'altra. Ne scaturí un caos di brusii e richieste con qualche accenno di rissa, ma alla fine la maggior parte di quei giovani, storditi dal viaggio e dal panico, furono in qualche modo in divisa.

Paolo faceva fatica ad abbottonare la giacca tanto gli tremavano le mani. Pietro, che aveva finito prima, lo aiutò con i bottoni del colletto dove la stoffa, doppiata, si irrigidiva. Ora pareva davvero che lo scudiero aiutasse il cavaliere rallentato dall'armatura a sistemare la gorgiera e indossare l'elmo.

Il brusio circostante si fece compatto come l'annuncio di un'inquietudine che s'insediava tra la gola e il petto. Paolo guardò Pietro come non l'aveva guardato mai.

– Non lasciarmi, – sussurrò.

– No, – rispose quell'altro.

Fuori dall'hangar si alzò il vento, l'aria salmastra s'impadroní di quel luogo e impose un aroma di sabbia umida dove pareva dovesse imperare per sempre l'esalazione organica dei corpi. Quanto tempo fosse passato da quando il mezzo dell'esercito li aveva prelevati dalla piazzetta antistante alla caserma di Núoro, proprio ai piedi del colle Sant'Onofrio, era impossibile quantificarlo. Perché fu chiaro da subito che con addosso quegli abiti estranei e tutti uguali, che odoravano di canfora e fenolo, quei ragazzi erano entrati in un altro tempo. Non sapevano cosa fosse finito in quel momento, ma nemmeno cosa stesse iniziando.

Finché dall'esterno qualcuno non spalancò i portelloni

immensi di quell'immenso spazio dove, fino ad allora, erano stati assemblati enormi piroscafi, lasciandovi penetrare un'inondazione di luce. Spinte dai caporali - cani pastori sardi, che gridavano «utalabí» come si faceva a casa nelle bardane o nelle sagre, le reclute colarono verso l'uscita con la stessa fluida compattezza di un olio versato da un recipiente.

sette

Lo sguardo di Paolo mentre lasciava che lo aiutasse ad abbottonarsi la divisa era l'immagine che Pietro avrebbe mantenuto piú viva di quella stagione. E quella sua breve implorazione anche. *Non lasciarmi.* Certo ci sarebbero stati altri sguardi, altre implorazioni, nel corso dei terribili mesi successivi, ma non cosí cristallini.

Ora, cercando di stabilire quanta strada ancora gli restasse per raggiungere Núoro, comprese che in quell'istante all'hangar era accaduto qualcosa di straordinario, e cioè che la vita aveva ribaltato faccende apparentemente assodate. Che Paolo aveva bisogno di lui molto piú di quanto egli stesso pensasse. E che nelle parole di don Pasqualino c'era una precisa coscienza di ciò. Lui aveva sempre visto l'amico come inviolabile, invincibile e irraggiungibile, ma in quel momento, mentre gli afferrava il colletto per i lembi e lo strattonava leggermente per permettere al bottone di penetrare nell'asola, i loro sguardi si erano compenetrati in una specie di intimità inedita. Poi Paolo aveva tirato un sospiro profondo per permettergli di completare quell'operazione e aveva trattenuto il respiro fino a quando, finalmente, il colletto non era stato sistemato. Infine aveva soffiato via tutta l'aria accumulata nei polmoni per sussurrare la sua implorazione. Era diventato improvvisamente, per un istante, raggiungibile, tangibile, indifeso.

Un fruscio lo costrinse a voltarsi verso un cespuglio sempreverde di abelia all'interno del quale si era mosso un coniglio selvatico. Uno sprazzo marrone vibrava alla base dell'arbusto. Poi si ritornò a quel silenzio frenetico di certe albe in piena campagna quando tutto risuona, ma ancora sommessamente, come se si facesse fatica ad affrontare una nuova giornata. Sentí un movimento d'acqua poco distante come una vena che scaturisse da rocce gorgogliando appena. Sentí il gracidare alieno di qualche cornacchia talmente in alto da dare l'impressione che fosse un'eco piuttosto che realtà. Da un ovile poco distante abbaiava un cane e da un altro ovile un altro cane rispondeva. Sentí il fruscio delle correnti rasoterra che sabbiavano il suolo e lo sbuffo ritmico del suo respiro fumoso. Battiti d'ali di passeri scompigliavano l'aria ferma, rompevano il ritmo ostinato di quella partitura. Il sonno della campagna era agitato come quello di un adolescente al primo amore. Ora i gelsi si mostravano accoglienti, pronti a fruttificare come ospiti dalle braccia tese.

Lucia lo guardò badando a fare in modo che da quello sguardo non scaturisse alcunché di troppo interessato. Lei faceva cosí, quando una cosa la colpiva si sforzava di non darlo a vedere. E questo perché era stata educata a fare la donna di carattere, e anche a fingere di avere le idee chiare nonostante non le avesse affatto. Ora per esempio, col grembiule colmo di turioni – asparagi selvatici, bianchi verdi e viola – si era organizzata quello sguardo che, aveva capito, di fronte a una domanda impellente ne stempera la morbosità. – Cos'è questa storia che partite per la guerra, tu e Paolo? – aveva chiesto infatti.

E allora Pietro dovette distogliere lo sguardo perché Lucia lo faceva ritornare come un ragazzino.

– Vuoi che ti aiuti?

La notizia che Paolo, il principino della stirpe Mannoni, era stato richiamato, aveva fatto il giro dell'intero paese. E questa notizia, per quanto a qualcuno piacesse farla passare come un tributo di quella importante famiglia alle sorti belliche, ai piú era apparsa per quella che era, e cioè che don Pasqualino, per quanto avesse tentato, non era riuscito ad arrivare abbastanza in alto da evitare l'arruolamento di suo figlio. Il che a molti sembrò un atto di giustizia divina e anche un segno di ridimensionamento feroce, perché era chiaro che questi Mannoni che si dichiaravano onnipotenti, onnipotenti poi non erano. Da qui l'inghippo di far sembrare che quell'arruolamento non fosse coatto, ma al contrario un omaggio che quei signori tanto magnanimi facevano alla nuova Patria.

In verità, quando i carabinieri in divisa si erano presentati all'ingresso secondario della grande casa (quello da dove generalmente passavano i fornitori) per consegnare la cartolina precetto, e quando improvvidamente un massaio l'aveva presa e aveva contrassegnato con una croce l'apposito spazio nel modulo di consegna, don Pasqualino era andato su tutte le furie. Aveva mandato il massaio fuori dalla sua casa e provato, inutilmente, a mettere in moto la sua rete di collegamenti presso coloro che contano, nel tentativo di ottenere un esonero immediato. Di lí a poco, tuttavia, a seguito della disfatta di Caporetto, quell'immissione di carne fresca da sacrificare in guerra avrebbe cambiato di segno. E cosí tutto quel contattare, scrivere, promettere, premere, minacciare ebbe il solo frutto di procrastinare la partenza a marzo inoltrato. A don Pasqualino furono date garanzie in merito al fatto che il giovane Paolo sarebbe stato tenuto abbastanza al sicuro, distante dalla prima linea.

Fu Annica a suggerire il coinvolgimento di Pietro e sempre lei a parlare direttamente con Vindice. Il quale si sforzava di capire in cosa sarebbe stato favorito quel figlio che per sorte, nonostante fosse nato nel '99, aveva scampato l'arruolamento.

– Come sarebbe «cosa ce ne viene a noi»? – ripeté Annica.

– Eh, cosa ce ne viene? – ribadí Vindice Carta.

– La riconoscenza, – lo seccò Annica.

– Ah, – fece quell'altro come se avesse pensato a tutto fuorché a quello. Ma si riprese subito. – La riconoscenza per che cosa? – chiese. – Noi il nostro lavoro l'abbiamo sempre fatto, noi a Pasqualino Cubile non gli dobbiamo niente.

Annica sbuffò come ogni volta che la si contraddiceva su qualcosa che riteneva indiscutibile. – Guarda che don

Pasqualino ti poteva lasciare in mezzo a una strada, a te e alla tua famiglia. E invece ti ha tenuto a lavorare e a Pietro l'ha trattato come un figlio. Se adesso ti chiede qualcosa è davvero da irriconoscenti non accontentarlo.

A Vindice Carta scappò una risatina, guardò quella donna piú fedele di un cane fedele e capí che era assolutamente convinta delle assurdità che stava dicendo. – Innanzitutto gli è convenuto piú a lui che a noi, tenerci, – attaccò. – In secondo luogo Pietro e i figli di don Pasqualino dormono ognuno a casa loro –. E dire questo era dire tutto.

– Piú spesso Pietro ha dormito al caldo, – insistette Annica che mai si sarebbe data per vinta.

– Solo perché faceva comodo a loro. Pietro sta al caldo anche a casa sua, – disse.

– Casa sua di chi? – provocò Annica tornando al punto.

Vindice scosse la testa come si fa quando si è costretti a prendere atto di una malattia incurabile. – Sei messa proprio bene, Annica Sini, – constatò con quel tono che vuole esprimere esattamente il contrario di quanto si afferma.

La donna non fece una piega e non sentí neanche il bisogno di replicare a quella commiserazione. – Perché, tu la casa dove abiti quando l'avresti comprata? – chiese, come se trovare il bandolo della matassa consistesse nel ritornare continuamente al punto di partenza.

– E tu invece, Annica Sini?

Capirono che discutere in quel modo non avrebbe portato a niente e si dovette passare ad argomenti assai piú convincenti. Come l'estinzione delle cambiali che Vindice aveva firmato quattro anni prima per riscattare sette capi di bestiame e intraprendere l'avventura di costituirsi un gregge proprio.

– Le paga lui? – chiese Vindice per paura di non aver capito bene.

Annica accennò convintamente di sí, segno che era stata autorizzata a prendere quell'impegno per conto del padrone. – Tutte quante sono, – rassicurò.

– Sette sono, – puntualizzò Vindice. Ragionando tra sé e sé sull'ammontare di quel debito che superava le mille lire, considerando che gli agnelli ormai avevano raggiunto il prezzo di duecentonovantasette lire a capo. – Se lui è d'accordo per me va bene, – concluse. – Ma deve esserci un impegno scritto.

Questa richiesta colpí particolarmente Annica che avrebbe voluto replicare, ma diede retta al suo sesto senso che le suggeriva di non farlo. Perciò, nonostante nutrisse una specie di diffidenza naturale per chiunque pretendesse garanzie scritte, si limitò a scrollare le spalle. – Bene, allora ci parla don Pasqualino direttamente con Pietro. Rimaniamo cosí? – chiese, constatando che Vindice non pareva reagire in alcun modo. Quel giorno e la luce se ne stavano andando con una lentezza strana, come se stessero aspettando anche loro l'esito definitivo di quella trattativa. Il cielo aveva virato verso un lilla diffuso e le pietre sembrarono improvvisamente sanguinare, prima di sparire nell'ombra.

– Va bene, – acconsentí finalmente Vindice. – Fagli parlare da don Pasqualino.

– Vuoi che ti aiuti? – chiese dunque Pietro a Lucia indicando il suo grembiule colmo di turioni che parevano stecche color vino cotto.

Lei nemmeno rispose. – Cos'è questa storia che partite? – scandí nuovamente controllando gli angoli della stoffa perché non sfuggisse niente. – Alla guerra, come due incoscienti.

– Non è che si può scegliere, Lucia Pirisi, – disse lui, con un tono che doveva mimare un che d'adulto e calcando su quel cognome per dare una certa ufficialità alla constatazione.

Ma Lucia, che pareva non aver colto tutta quella mascolina fermezza, si limitò a scuotere il capo. – A voi basta che vi mettano un'arma in mano e siete contenti, – sospirò. E fece per andarsene. Qualche asparago le scappò dal grembiule.

Pietro si chinò a raccoglierlo. – Non è una questione di armi, non c'è modo di evitare, l'hai visto anche tu che stanno richiamando la leva del '99, – ribadí ancora una volta, ma con una sincerità nell'espressione, con un calore dolente che fecero vacillare Lucia. – Paolo è precettato, – disse. – E solo non lo posso lasciare, – concluse.

Per tutta risposta lei s'incamminò verso casa prendendo per uno stradello che passava proprio fra i due gelsi piú grandi. Senza che lui la inseguisse ne sentí lo sguardo sulle spalle e sui fianchi. Qualche altro turione le cascò dalle anse aperte della tela che stringeva ai quattro angoli con forza. Ma non lo raccolse.

Pietro la accompagnò con gli occhi finché lei non svoltò dieci, dodici passi piú in alto, dove si apriva lo spiazzo della fonte. Sentiva il vociare di una massaia che era arrivata fin lí per riempire le brocche di acqua buona da bere, e senza che l'avesse previsto prese a seguire Lucia, avanzando a lunghe falcate. Per un attimo gli sembrò di poterla raggiungere, ma l'aveva persa di vista, nonostante potesse sentirne i passi svelti appena piú avanti, superato un gruppetto di ranni alaterni che avevano finito per occultare sia lei che l'imbocco del sentiero.

Ora si trattava di capire che cosa lo stava spingendo a correrle dietro…

sei

Quella radura, quella fonte, le aveva sognate spesso quand'era in trincea. Ora che erano davanti a lui gli parevano assai piú dimesse e semplici di come le ricordava. La fonte non era nient'altro che un rivolo che solcava la roccia, un alveo ottenuto con testardaggine nei secoli. Era strano rilevare quanto tempo fosse occorso per una conquista talmente modesta. La radura poi non era nient'altro che una porzione spoglia, sterrata, quasi un frammento sterile in tutto quel territorio invaso dalla vegetazione. Nei suoi sogni, al caldo organico dell'intestino-trincea, quello era stato un angolo di paradiso.

Si stava verificando un ripensamento nell'aria intorno, e la luminosità progressiva del nuovo giorno parve improvvisamente arretrare in una specie di virata violacea. Come quei velluti che, allisciati nel verso del pelo, appaiono di un blu uniforme, ma contropelo rivelano un'anima quaresimale. Infatti per un attimo si ritornò all'oscurità di un'ora prima, quand'era uscito di casa. La luce, fioca, arrivò di lí a poco. Pietro sentí il freddo acuto e l'odore invasivo di legno puzzo, come se quella luminosità fosse una lente d'ingrandimento che enfatizzava qualunque cosa e un perfezionamento dell'olfatto che ingigantiva qualunque sentore. Gli allori gli apparvero come fissati nella ceralacca, per un attimo temette di poter frantumare ogni ramo, ogni stelo, solo a sfiorarli, solo a respirargli vicino.

È pressoché impossibile ricucire certi strappi, pensò. Quasi che quel suo andare non fosse nient'altro che un tentativo estremo di opporsi all'ineluttabile. In fondo non era questo un atto di fede? Ma faceva parte di quei pensieri che non potevano essere pensati, solo intuiti. Tuttavia che potesse chiamarsi fede quel sentimento che lo spingeva allo scoperto gliel'aveva suggerito padre Ardenzi – il cappellano militare – qualche anno prima all'inizio, o alla fine, di tutto, durante l'addestramento.

È strano come le parole e i concetti che le determinano trovino un'armonia piú o meno tardiva. Quella parola, per esempio, che Pietro aveva sempre collegato alla necessità di credere senza la presunzione di capire, ora gli appariva come la sostanza di una promessa reciproca, quella fra lui e Paolo, che andava mantenuta…

– Non sarebbe la prima volta che si scambia la fede con la fiducia, – aveva assentito padre Ardenzi dopo averlo ascoltato.

Pietro gli aveva parlato di quel dovere tutoriale che sentiva nei confronti di Paolo, del suo timore che non fosse all'altezza del mondo e della situazione. E questo perché nel plotone, in camerata, durante le esercitazioni, era diventato chiaro a tutti che l'uno si prendesse una cura esasperante dell'altro, fino agli estremi di sostituirsi nelle incombenze richieste. Ora al capitano Martini, che poteva avere al massimo cinque anni piú di loro, la cosa non piaceva. Tuttavia, essendo un giovane timorato e riflessivo, dopo aver finto di non vedere, piuttosto che rivolgersi direttamente a Pietro si era rivolto, perché gli parlasse, al cappellano militare don Agenore Ardenzi, che poteva essere loro padre.

– Mettiti seduto, – gl'intimò padre Ardenzi. – Dunque, Carta Pietro, – scandí leggendo da un foglio. – Sei un buon cristiano?

C'era un che di vagamente infastidito nel suo tono, come se l'incombenza di trovarsi faccia a faccia con l'ennesima recluta non gli piacesse piú di tanto.

Tu sei qui volontariamente? – incalzò senza aspettare la risposta precedente; che legame ci fosse fra le due domande era un mistero.

– Sí, – rispose con chiarezza Pietro, rendendosi conto che in quel modo rispondeva a tutto quanto gli era stato chiesto.

– Mi dicono che sei un ragazzo sveglio. Ma che non obbedisce. Lo capisci l'italiano? – Pietro fece segno di sí, che lo capiva. – E allora, se lo capisci, perché non obbedisci? – Don Ardenzi aveva quel fare che incuteva rispetto nonostante apparisse dolce. – Tu devi solo ringraziare che ti è toccato in sorte un uomo paziente come il capitano Martini –. Tacque, aspettò che ci fosse una reazione che non arrivò perché Pietro si era messo a contare le assi di legno spugnoso che formavano il pavimento della baracca. – E che nell'esercito le cose sono molto cambiate... A ogni modo il capitano mi ha chiesto di parlarti perché ha una proposta da farti.

– Che proposta? – biascicò Pietro. Non voleva che quella domanda sembrasse veramente una domanda, ma piuttosto un'incitazione a proseguire.

– Si pensava di costituire, anche nella nostra armata, un'unità di Arditi. Il generale Montuori ci tiene e Martini vuol farlo contento, sta riunendo un gruppo di soldati adatti. Ecco –. Concluse come se non ci fosse bisogno di ulteriori chiarimenti. Aspettò una risposta che non venne. – Hai capito? – ripeté. – Hai capito? – insistette, ma questa volta con un'irritazione malcelata nel tono. – Ottuso! Bestia ottusa! – commentò non abbastanza tra sé e sé da non farsi sentire.

Pietro aggrottò le sopracciglia come se stesse per rispondere con una certa aggressività, ma non lo fece.

Don Ardenzi prima allargò le braccia, poi le lasciò cascare dolorosamente lungo i fianchi. – Ma lo capisci o no cosa comporterebbe?

Pietro si prese un po' di tempo ancora. – Che cosa comporterebbe? – chiese finalmente, con una voce talmente profonda da sembrare altrui.

Don Ardenzi scosse la testa. – Nessuna corvée, alloggi migliori, migliori divise, vitto, equipaggiamento e permessi... – elencò. – Ci sono anche un paio di volontari dalla tua terra, – rincarò considerando che Pietro non pareva entusiasmarsi particolarmente. – Approfittane, Carta, che il capitano questa proposta non te la fa due volte.

– Senza Paolo non mi muovo, – disse Pietro.

– Ecco, Mannoni, – assentí don Ardenzi. Quella di Pietro era in tutta evidenza una risposta che si aspettava. – Lui, il capitano, e anche io, pensiamo che il tuo amico Mannoni rappresenti un ostacolo, mi spiego? – Pietro pareva non ascoltarlo, ma con la testa fece di no, segno che ascoltava eccome. – E cosa ci sarebbe di preciso che non hai capito di quello che ho detto?

– Un ostacolo perché? – replicò l'altro.

– Ma voi che promessa vi siete fatti?

– Ho preso un impegno –. Pietro ora pareva avere qualcosa di importante da aggiungere, ma per l'ennesima volta tacque.

In lontananza si sentí il rombo di un Mörser 10 che sparava al cielo dal versante austriaco. Pietro e don Ardenzi, all'unisono, guardarono in un punto oltre la parete, verso quel tuono.

– Un impegno? Che impegno? – incalzò il religioso. – Ora l'impegno ce l'hai con la Patria.

– Ah, – fece Pietro.

Don Ardenzi, enfatizzando la punta di arroganza con cui, secondo lui, si era espresso, scosse la testa. – Tu devi ringraziare che le cose stanno come stanno. Ho visto reclute finire al muro per molto meno.

Si riferiva alla terribile atmosfera che solo l'anno precedente si respirava da quelle parti. Poco prima, ma soprattutto subito dopo Caporetto. Prima che al comando dell'esercito arrivasse Diaz; prima che al comando della sesta arrivasse il generale Montuori e la schiera di ufficiali, tra cui il capitano Martini, invitati a esercitare un «collegamento morale» e un «ruolo affettuoso» nei confronti di queste reclute che, nonostante fossero uomini fatti, mantenevano tratti infantili. E ora, pensò il prete, si trattava di considerare questo animale testardo proprio come un bambino.

Don Ardenzi parlava con una sollecitudine che la diceva lunga su quanto trovasse laschi questi tempi nuovi, questa nuova teoria delle alte sfere secondo cui negli eserciti il guanto di velluto poteva assai piú del bastone. Pensava che se fosse stato per lui tutte quelle manfrine per un lavativo che non aveva capito che in guerra e nell'esercito – e nell'esercito in guerra – non hanno proprio nessun valore le proprie povere gerarchie locali, se le sarebbe risparmiate.

– Io il mio dovere l'ho fatto: ti ho detto quello che mi ero impegnato a dirti, – concluse, constatando che il dialogo, dal punto di vista di Pietro, sembrava del tutto estinto. – Ora ti arrangi col capitano Martini, eh?

Martini, che stava finendo di farsi la barba, vide Pietro nel riflesso del suo specchio appeso a una trave dell'alloggiamento. Si trattava di un luogo a metà tra la capanna e la tenda da campo. L'interno era caratterizzato da un'atmosfera teporosa e umbratile, di terra, ferro, legno, tela cerata, in tutto simile alle bocche di certi pozzi di miniera.

– Venga avanti, Carta, – intimò senza voltarsi. Era un uomo sottile con una nuca perfettamente sferica, rivestita di capelli impomatati e luccicanti come quella di certi manichini nelle vetrine dei negozi di moda maschile. La divisa contribuiva non poco a mascherare la sua magrezza estrema, che pure era intuibile dalla circonferenza minuscola della vita esaltata dal cinturone e dalla sottigliezza delle gambe fasciate dagli stivali lucidissimi.

Pietro avanzò e si mise sull'attenti. – Riposo, – concesse Martini tamponandosi la faccia. Pietro si rilassò. Ora che si era voltato poté guardarlo per bene a distanza ravvicinata per la prima volta senza cappello e, dunque, senza l'incombere della visiera. Gli parve sorprendentemente esile, come un umano dell'altro mondo, di quelli a cui la genetica ha concesso una delicatezza inusuale. Eppure non c'era niente di femmineo in lui. Al contrario sapeva emanare una sorta di calore protettivo intorno a sé, come quei padri, quei maestri, quei medici luminari, di cui si legge in certi romanzi d'appendice e che si giurerebbe non esistano in natura. Aveva occhi chiarissimi incastrati fra le anse ossute delle arcate sopracciliari e degli zigomi, e una bocca piccola, ma carnosa, sovrastata dalla linea scura dei baffi curatissimi. Ora si capiva cosa stesse effettivamente facendo col volto attaccato a quello specchio.

– Allora, Carta, si trova bene qui con noi? – chiese Martini con l'aria di uno che tiene moltissimo alla risposta. Senza lasciarsi scoraggiare dalla titubanza con cui Pietro organizzava una replica, sorrise esponendo la dentatura di un candore mai visto.

– Signorsí! – reagí finalmente Pietro.

Martini approvò. Ora che si muoveva verso di lui, Pietro poteva sentire un leggerissimo effluvio di acqua di Colonia. – Sieda, Carta. Ho parlato con don Ardenzi, – comunicò il capitano mettendosi a sedere di fronte a lui. Fra loro non c'era che un piccolo tavolo da campo. Pietro non riusciva a staccare lo sguardo dalla brillantezza marmorea del lembo di camicia che appariva oltre la giacca sbottonata fino alla cintola. Martini se ne accorse. – Amido, – disse. – Per quanto in guerra, non riesco a rinunciare a qualche privilegio della pace, – commentò. Poi proseguí riassumendo quanto padre Ardenzi gli aveva comunicato a proposito della riottosità di Pietro ad accettare la proposta di entrare nell'unità di Arditi che si stava costituendo nella sesta. Il progetto pareva stargli particolarmente a cuore perché caldeggiato dal generale Montuori in persona. – Col generale Capello sono stati compagni di accademia, e Capello ha cominciato a addestrare squadre speciali già dall'anno scorso. Lui non vuole certo dimostrarsi inferiore. Che studi ha fatto, Carta?

– So scrivere e leggere se è per quello… Signore.

– Bene, – sospirò Martini battendosi le cosce smilze con le mani aperte. – Ha fame, Carta? – E senza aspettare risposta fece un cenno verso il telone semiaccostato all'ingresso. Entrò una recluta che portava una pignatta fumante. Martini intanto aveva posizionato una scodella davanti a Pietro, la recluta vi versò una zuppa puzzolente. – Mangia! – intimò Martini, con un'intonazione sorprendentemente impositiva. Pietro lo guardò tentando di trattenere una smorfia di disgusto. – Mangia! – incalzò quell'altro, fissandolo con il mento sollevato. Poco distante i Mörser 10 ripresero a tuonare. – Ed ecco il 21, – constatò Martini. – Non mangi? – domandò poi vedendo che Pietro rimaneva con il cucchiaio sospeso a mezz'aria e non si decideva ad affondarlo nella scodella.

– Veramente… Con tutto il rispetto…

– No, – lo interruppe il capitano. – È un ordine, – chiarí. – Voglio proprio che l'assaggi, sai cos'è? – Pietro fece cenno di no. – Zuppa di crauti. Quello che dovrai mangiare tutti i giorni se vinceranno loro. Quindi mi perdonerai se non ti faccio compagnia.

Pietro affondò il cucchiaio nella zuppa che pareva vomito rancido, poi lo abbandonò lasciando che scomparisse nel brodo. – Non è facile, come faccio? – chiese a qualcuno che non era necessariamente l'uomo che aveva davanti. Il capitano aspettò che proseguisse. – Ho dato la mia parola. E Paolo questa cosa non la può fare. Mannoni, – specificò.

Martini tirò su col naso e spinse in avanti le labbra come a invitarlo a spiegarsi meglio.

– Non ce la può fare e io solo non lo posso lasciare. Lui ha fiducia in me. E c'è un accordo delle famiglie.

– Ti è stato affidato, insomma. Ti hanno mandato in guerra per fargli da balia, – concluse Martini stemperando quell'affermazione con un mezzo sorriso.

Pietro fece una piccola smorfia e confermò che sí, glielo avevano affidato. Cioè avevano avuto fede in lui, proprio come quella che si ha nei confronti del santo protettore o dell'angelo custode.

– Gli possiamo trovare una posizione protetta, – propose Martini. – Ti abbiamo osservato, e tu sei un candidato perfetto per il gruppo che ho in mente. Mannoni lo sistemiamo a Fossalta dove c'è l'ospedale da campo... Oppure lo arretriamo nella riserva, c'è la nona di Morrone dalle parti della pianura, lontano dalla linea del fuoco –. E attese una reazione. Aveva un modo talmente impercettibile di respirare che faceva temere l'apnea. – Allora? – lo incoraggiò il capitano. – Che fai? Mangi la zuppa?

– E dov'è? – chiese Paolo con una punta di angoscia.

– Quattro, cinque ore da qui, – rispose Pietro. – È un ospedale da campo, portano i feriti, lí non succede niente, – specificò. – E ci sono le infermiere.

Paolo lo osservò, un'ombra di barba cominciava a imbrunirgli il viso. – E tu? – chiese ancora. Pareva non riuscisse a fare nient'altro che chiedere e chiedere.

– Ma l'hai capito che qui non siamo a conto nostro? – chiese a sua volta Pietro, perché ebbe la chiara sensazione che a Paolo sfuggisse il tempo e il luogo in cui si trovavano. – Non è che qui si può dire di sí o di no a seconda, Pa'! – Alzò la voce perché lui non potesse nascondersi dietro a qualche scusa come era solito fare quando erano a casa. – Martini non aspetta troppo.

– Ma tu cosí hai detto che andava bene? – insistette Paolo in preda a un principio di ansia. – E io?

– E tu sei al sicuro. Ti fidi di me? Ti fidi di me? Eh? Ti fidi? – ripeté tre, quattro, volte. Perché quell'altro continuava a guardare nel vuoto come se avesse sempre bisogno di un po' di tempo tra l'apprendere e il capire.

Alla fine Paolo dovette arrendersi a quella perorazione insistente. – Ma sí, – cedette, piú per stanchezza che per convinzione.

Giugno incombente correva sopra le cime, sotto forma di raffiche improvvise e violentissime. Si trovarono perciò a dover rilevare quanto irruente potesse essere un vento nonostante credessero di sapere ogni cosa su quel particolare fenomeno atmosferico. E invece a ogni folata dovevano ammettere la loro parzialità e constatare quante cose davvero si agitassero su questa terra e quanto limitate fossero state le loro esperienze fino ad allora.

A Paolo scappò via il cappello dalla testa, segno che era troppo largo per lui. Fece per inseguirlo, ma pareva non ne avesse le forze. Cosí fu Pietro a partire all'inseguimento. Lo afferrò quasi al volo qualche metro piú in là. E mentre lo riportava indietro, battendolo un poco per liberarlo dalla polvere, si accorse di quanto triste si fosse fatto il volto dell'amico.

– Cosa c'è? – gli chiese.

– Una poiana, – disse Paolo indicando la porzione di cielo dietro alle spalle di Pietro.

Era passato meno di un anno da quando, pareva estate piena, ma già volgeva verso la fine, avevano deciso di lasciare la casa all'alba per andare a riconoscere gli uccelli... O meglio: per fare in modo che Pietro ricambiasse, con quello che sapeva, quanto Paolo gli aveva insegnato.

Si erano mossi qualche ora prima che il caldo sfiancasse la terra e facesse schiumare il collo ai buoi e ai cavalli senza che nemmeno si muovessero. Non volevano trovarsi in cammino quando neppure il sottobosco donava refrigerio, secco e stillante d'oli aromatici com'era. Qualche carcassa di bestia uccisa dalla sete già puzzava a tal punto da infestare l'aria. Quell'estate li stava congedando cosí, come se niente fosse, senza nemmeno la delicatezza di mutare abitudini. Restava l'imperativo di sfinire l'animato e l'inanimato, di definire ogni spazio col silenzio colloso della patina d'afa, d'impedire a qualunque corrente, anche solo un refolo, di palesarsi. Sicché neanche una fronda si era mossa per salutarli. Erano giunti al punto stabilito da Pietro e si erano distesi, come sonnolenti, a osservare il cielo.

– Poiana! – aveva esclamato d'improvviso Paolo, indicando un rapace che volteggiava proprio sopra di loro.

– Astorittu, – aveva corretto Pietro.

– Non è lo stesso? – aveva protestato Paolo.

– No che non è lo stesso, non vedi che c'ha la maglia a righe? – E aveva riso. In verità da quella distanza il piumaggio del petto non poteva vedersi, ma Pietro aveva sviluppato un certo occhio e capiva dalle dimensioni che di poiana non poteva trattarsi, ma di sparviere. – Astorittu, – aveva confermato.

Questa volta era scappato da ridere a Paolo, nonostante volesse fare il serio. – Stai imbrogliando.

Intanto il rapace si era dileguato per riposarsi in qualche crepa della montagna. Si sentivano dei cinguettii insistiti. – Sturulu, – aveva annunciato Pietro.

– Eh? – aveva chiesto Paolo.

Pietro era stato costretto a pensarci un poco. – Storno nero, – aveva detto a un certo punto, molto soddisfatto di sé perché ne sapeva riconoscere la voce e perché era sempre fiero delle cose che sapeva. Lí, distesi a terra, rivolti al cielo di una tinta indefinibile, le parti si erano invertite: lí Pietro sapeva cose che Paolo ignorava.

Ora si trattava effettivamente di una poiana, che finí per volare talmente in alto da ridursi alle dimensioni di un insetto. Era una bestia particolarmente temeraria, considerato che la guerra aveva liberato il cielo salmastro sospeso sopra di loro da qualunque essere vivente. Quell'apparizione parve un buon auspicio, quasi che la natura sapesse qualcosa che gli uomini ancora ignoravano. Si era sentito di animali che presentivano terremoti o valanghe, era possibile che ce ne fossero di quelli che annunciavano la pace.

– Che mi venga un accidenti, – esclamò Pietro. – È proprio una poiana!

Paolo sorrise per un attimo, poi ritornò serio. – Dovevamo stare insieme, – si limitò a dire, come se si trattasse di un argomento ormai esausto, e si avviò verso gli alloggi.

Pietro ci mise un poco a realizzare che l'amico si era mosso, quindi fu costretto ad accelerare per raggiungerlo. – Sí, l'avevamo detto, – ammise. – E allora vorrà dire che non c'è altra soluzione se non rifiutare l'offerta, – concesse, come se fosse una conclusione logica. Avevano a disposizione un mondo talmente ribaltato da far credere loro che si potesse fare riferimento a logiche costanti, a quelle stesse logiche che li avevano guidati quando ancora vivevano senza una divisa addosso.

Un Dio misericordioso avrebbe dovuto metterli al corrente che a quella logica lí – nel crogiuolo della terra, nell'abbandono di ogni razionalità, nel rovesciamento di ogni sistema, nel corpo a corpo tra piccoli esseri ignari – non ci sarebbe stata nessuna alternativa.

Martini lo convocò il giorno dopo. E Pietro, come aveva concordato con Paolo, si vide costretto a scusarsi per non trovarsi nella situazione di accettare la sua proposta che pure era allettante, onorevole e privilegiante.

Il capitano lo ascoltò senza nemmeno muovere un muscolo del viso. Sembrava uno di quei modelli che debbano forzatamente restare immobili davanti allo scultore. Perché aveva quel viso da scultura, simile al prototipo dei soldati monumentali che di lí a poco, se fossero sopravvissuti, avrebbero potuto vedere in tutte le piazze della nazione redenta. Attese che la formula impacciata ma ben imparata di Pietro si consumasse e, temendo che stesse per riprendere, fece un gesto col palmo aperto verso di lui quasi intendesse fermare un oggetto fisico che minacciava di investirlo. – Ho capito, – disse. Poi si sedette allo scrittoio.

Ci mise un poco a stilare un messaggio né lungo né corto. Qualcosa che poteva corrispondere per iscritto alla stessa formula che poco prima Pietro aveva recitato.

– Se ritorna agli alloggi sarà cosí gentile da consegnarlo alla recluta in indirizzo, – scandí. Prima che Pietro potesse leggere quel nome: – È per il suo amico, – chiarí. – Forse le farà piacere sapere che l'ha appena mandato in prima linea.

Pietro scosse la testa, quello che aveva appena sentito era impossibile. – Con me? – chiese.

Il capitano storse il labbro inferiore per interrompere una specie di sorriso. – No, Carta, non con lei. Mi dica, crede di trovarsi a una gita di piacere? È indisposto e quindi l'hanno mandata qui per respirare aria buona? – Questo ritorno al lei, dopo il tu del dialogo precedente, spaventò Pietro piú di ogni altra cosa. – Se io adesso le chiedessi dove si trova, cosa risponderebbe, Carta?

Non sembrava una vera domanda, ma doveva esserlo perché Martini era in attesa di una risposta con tutto il corpo.

– Lontani, – sussurrò Pietro come se la distanza fosse un luogo fisico, anzi fosse l'unico luogo dove effettivamente si trovavano tutti.

– Ma dov'è che vi mandano? – aveva chiesto Lucia quando si era resa conto che Pietro l'aveva seguita.

– Lontano, – aveva detto lui semplicemente.

Lucia per un istante sembrava stesse stringendo piú forte gli angoli del suo grembiule colmo di asparagi, poi li aveva abbandonati lasciandoli cadere a terra e si era avventata contro Pietro per prendergli il viso con entrambe le mani e baciarlo.

Lui si era lasciato baciare piú impaurito che stupito, perché dentro di sé aveva inteso che Lucia, con quel bacio, si stava levando il rimorso che lui morisse prima che lei l'avesse assaggiato.

– Lontano dove? – aveva detto lei, concitata, staccandosi.

– Molto –. Aveva raddoppiato: – Molto –. Poi si era chinato ai suoi piedi. – Ti sono caduti tutti gli asparagi, – aveva detto iniziando a raccoglierli.

– Oh, – aveva fatto lei. – Nemmeno mi piacciono –. Però si era inginocchiata.

– Dicono che non dura piú di tanto –. E poi, esaminando un germoglio: – Questo si è pestato.

– Quando tornate da... – aveva detto lei, ma si era interrotta prima di finire. – Quando tornate tu e Paolo... – aveva aggiunto, ma di nuovo si era fermata.

– Che cosa?

– Niente, – aveva minimizzato Lucia, come se avesse timore di quello che avrebbe potuto dire.

– Ma anche lui hai baciato? – aveva chiesto Pietro a bruciapelo.

Lei aveva fatto una breve smorfia di disappunto perché sapeva per natura che non si risponde mai a domande simili, e perché lui capisse che non si fanno mai domande simili. – Quand'è che partite?

– Tra ventitre giorni, – aveva risposto con una certa interessata pignoleria Pietro.

Lucia aveva sorriso, ma non certo di sollievo.

Pietro l'aveva seguita con lo sguardo mentre se ne andava: non poteva sapere che era l'ultima volta che si vedevano.

– Niente? – chiese il capitano Martini stringendo a tal punto la mascella da evidenziare il tendine che la collegava allo zigomo.

Pietro si scosse. – Mi scusi, – sussurrò, uscendo dai suoi pensieri. – Chiedo il permesso di essere assegnato in prima linea, – recitò col fare piú marziale che conosceva, dopo essersi schiarito la gola.

– Permesso negato, – lo seccò Martini. – Sono molto deluso, Carta, molto, molto deluso.

Poi gli disse che la sua delusione derivava soprattutto

dal fatto che gli aveva offerto tutte le opzioni piú favorevoli, pur potendo trovare il modo di obbligarlo ad accettare la sua proposta.

E Pietro pensò che era esattamente quello che stava succedendo in quel momento, e cioè che l'ufficiale lo stava obbligando nonostante lui avesse chiarito di non poter accettare.

Il capitano si lagnò d'essere stato oltremodo concessivo con lui, mentre avrebbe dovuto dar retta da subito a padre Ardenzi che tuonava contro il lassismo troppo favorito in quella fase del conflitto. Tutti errori suoi, dunque: di avergli lasciato credere che la differenza di grado fra loro non fosse un ostacolo, di averlo trattato da pari a pari, insomma; di averlo sopravvalutato; di avergli attribuito un alto senso del dovere che egli invece non aveva; di essersi illuso che il suo amore per la Patria e i suoi destini sopravanzasse gli interessi personali.

E Pietro pensò che non è un grande sforzo concedere di dare una sola risposta fingendo di offrire alternative. E poi che non si capiva esattamente a quale Patria sarebbe dovuto essere devoto. E poi che era stato proprio l'estremo senso del dovere a metterlo in quella situazione. Tuttavia comprese che era completamente inutile opporsi o replicare. Perciò, tentando il tutto per tutto, allungò la lettera verso il capitano per restituirgliela. – Va bene, – disse. – Accetto la sua offerta, come ci eravamo detti.

Ma il capitano fece un passo indietro. – Vedo che davvero non ha capito, Carta, – scandí rabbuiandosi. – Questa è la guerra. Tutto torna: quello che si decide ha una conseguenza. Una sola. Se io ora dovessi trattare con lei, la perderei questa guerra. Consegni immediatamente la lettera al suo legittimo destinatario e si disponga a partire per le retrovie. Perché lei, a differenza del suo amico, raggiunge il generale Morrone che la farà assegnare a qualche battaglione della nona compagnia entro domani sera, in pianura, al sicuro.

E disse quelle parole, «al sicuro», proprio come se volesse che a Pietro sembrasse quello che in effetti gli sembrò: terribile. Quindi fece un gesto di stizza per congedarlo prima che quell'altro potesse anche solo pensare di replicare.

Ora davvero qualunque discorso sembrava finito.

cinque

Ora, al culmine di tutti gli inizi, gennaio sibilava nella penombra dell'aurora. Non è un mese che ama l'oscurità. È uno specchio maledetto che assorbe qualunque luce, persino la piú fioca o rinascente, per amplificarla e diffonderla. Anche sul campo di battaglia non faceva altro che rendere palese l'abisso. È un fanciullo freddo e muto, gennaio, che pretende attenzione. Cosí penetrò nella macchia con un senso d'attesa tanto profondo che Pietro dovette fermarsi. Quanto mancava? Non piú di trenta, quaranta minuti. Ancora una piccola salita fino alla strada sterrata di Marreri e poi, dopo averla attraversata come si guada un fiumiciattolo, un'altra ventina di minuti sul costone dell'altipiano prima di sbucare a Ugolío, e di lí tutto in piano verso il Ponte di Ferro entrando da Seuna.

Riprese ad avanzare mentre il suolo si ammorbidiva a ogni passo e scolorava nel carnicino quasi stesse camminando sulla schiena immensa di un ciclope addormentato a pancia in giú. Sentiva, e poteva giurarlo, il respiro sussultante della terra che si risvegliava. Resistente al pallore noncurante di quell'alba tardiva. Voleva arrivare presto e inatteso, ma sapeva che Paolo lo stava aspettando e non si sarebbe lasciato cogliere di sorpresa.

La notte prima di partire per il fronte, come consigliato dal sergente Poletti, Paolo Mannoni, in preda al terrore, scrisse una lettera al padre.

Marostica, 11 giugno 1918

Padre, mi mandano sul fronte del Piave a combattere. Dove si prevede un'offensiva finale.

Ogni accordo è disatteso. Ogni proposito infranto. Pietro al sicuro nelle retrovie e io carne da trincea. Secondo quale disegno ciò sia avvenuto è del tutto chiaro: il vigliacco non ha tenuto fede alla parola data. Questo pomeriggio, fingendo rammarico, mi ha consegnato l'assegnazione scritta alla Prima Linea, quella dei condannati a morte. Indi è partito per raggiungere la sua sicura destinazione. Ora mi sono chiari i suoi discorsi ambigui sul filo della reticenza.

Addio padre mio, se ci rivedremo sarà solo per intercessione di quella Santa Lucia di cui mi hai donato la ricetta e che porto sempre al collo.

Paolo

Immaginava che alcune righe della sua lettera sarebbero state censurate, ma contava sul fatto che quanto intendeva comunicare a don Pasqualino restasse integro.

Quella notte stessa Pietro Carta si diede alla macchia. Fingendo necessità corporali fece accostare il convoglio che lo conduceva verso Barbarano, dove era di stanza la nona, e sparí nell'oscurità.

Fu dichiarato disertore la mattina dopo.

All'alba del 15 giugno, proprio in bocca al solstizio, le truppe austriache sfondarono a Pieve di Soligo e Falzè di Piave conquistando il Montello e il villaggio di Nervesa. Le truppe italiane, supportate dall'artiglieria francese e dalla controffensiva aerea, le ricacciarono indietro, ottenendo una vittoria stupefacente.

Alla fine le perdite italiane furono di novantamila uomini.

Era stato come volare. Cosí lo ricordò Paolo. Il rumore era stato accecante e la luce assordante, perché i sensi si erano mescolati a tal punto che la paura si era fatta coraggio e il coraggio sprezzo di tutto. Cosí lo ricordò Paolo, come una febbre che generava un tremore talmente interno da far riverberare tutta la terra attorno. Oltre la trincea quel terreno infinito da attraversare era una vigna di cavalli di Frisia, con grappoli d'uomini che pendevano. Era un tuono stabile, talmente costante da non distinguersi. E poi un silenzio talmente teso da far male alle mascelle. E poi il suono del respiro dentro alla maschera da porco. E ancora il ronzare dei volatili che non erano poiane e nemmeno astori, ma SPAD. E l'urlare dei feriti, e il rantolo dei moribondi, che per quanto facciano parte di fronti opposti e di opposte razze, in quel preciso frangente hanno un linguaggio sorprendentemente identico.

Fu cosí che avvenne, in quella contorsione del senso, in quel ribaltamento di ogni logica, che Paolo Mannoni si trovò fuori dal cordolo protettivo della trincea, spinto in avanti – in mezzo alla marmaglia tremante, vociante, urlante – dal fischio degli ufficiali. Fu cosí che corse fino a quando non gli parve che i polmoni volessero spezzare il costato. Sentiva intorno a sé il ronzio delle pallottole che giocavano alla lotteria, vagando in attesa di trovare corpi da attraversare o dentro i quali perdersi.

Un dolore colante alla coscia lo fece rallentare per un attimo. Un uomo in divisa gli cadde quasi addosso. Ma gli ordini erano di avanzare. Alle sue spalle le artiglierie spedivano caramelle mortali ai nemici. Cosí proseguí fin quando la gamba cedette. Capí che si stava trascinando in un fango che non era acqua e terra, ma sangue e terra. Stava sguazzando in una mota d'amarena. Capí ben presto che non poteva piú avanzare, e che stava per morire. Finché qualcuno non lo trascinò via.

Chi fosse quel qualcuno gli fu difficile da capire perché si sentiva talmente leggero da convincersi che, nonostante la schiena rigida e la gamba destra tenuta ancora attaccata al corpo dai tendini, fosse necessario uno sforzo di volontà per ancorarsi al suolo. Ma era solo tutto il suo sangue che abbandonava le sue carni e andava a irrorare il terreno gelido di quella buca. Sicché Paolo Mannoni si convinse di sognare e si convinse di conoscere quel tocco fermo, ma delicato, che l'aveva sistemato in quella tomba temporanea per sottrarlo al pericolo delle esplosioni e delle pallottole vaganti. – Pietro, sei tu? – chiese.

Ma l'altro non rispose o lui non poté sentire la risposta.

Qualche ora dopo, nel silenzio assurdo che segue ogni furioso temporale, due barellieri, stupiti che ancora respirasse, vennero a prelevarlo.

Paolo capí senza ombra di dubbio che quel sogno fatto da bambino, quando lui e Pietro erano scampati al temporale dopo aver trovato i volpacchiotti morti nella loro tana, non era nient'altro che una premonizione. E di quelle premonizioni che per paradosso non si possono mai individuare mentre avvengono.

Dentro al buio di quella tana in cui qualcuno l'aveva trascinato sentiva esattamente gli stessi rumori, tuoni e scoppi che l'avevano fatto tremare nel letto caldo in cui le donne lo avevano accudito mentre Pietro si prendeva tutto quello che gli spettava da Annica in cucina.

Noi siamo bestie, non animali, si disse. Perché nonostante una specie di dolore talmente diffuso da non sembrare nemmeno dolore, Paolo era ancora in grado di mantenere un punto fermo e considerare secondo quali meravigliose sfumature il linguaggio sposti il senso delle cose. Bestie, dunque. Bestie. Ora che era stato abbandonato in quella fossa poteva sentire lo spasimo della terra direttamente dall'interno, come l'onda che intorbida il fondale basso quando il mare è grosso. Ogni silenzio era incessante, esattamente come ogni frastuono. Gli venne il dubbio che non ci fosse alcun riposo nella morte e che, di conseguenza, fosse assolutamente inutile invocarla. Quindi smise. Fuori di lí il frastuono era tremendo ed era tremendo il silenzio che ne conseguiva, come se a ogni esplosione fosse indispensabile prendere tempo per valutare il grado della desolazione. Quel silenzio non era pace, era l'opposto. Era lutto. Era buio. «Bestie», provò a farfugliare Paolo, ma le labbra imbrattate di terra glielo impedirono. Poteva muovere le mani, mentre la gamba destra non la sentiva proprio, ma non osava toccarsi. Si ripulí la bocca perché a chiunque gliel'avesse chiesto voleva poter dire il suo nome e cognome, che era Mannoni Paolo di Pasquale…

I barellieri recuperarono qualche ora dopo il corpo di un soldato che, nonostante fosse afflitto da ferite pesantissime a carico degli arti inferiori e della schiena, miracolosamente era riuscito a mettersi in salvo trascinandosi, chissà come, in una delle poche zone protette del campo di battaglia.

La ripresa fu lenta, ma costante, e quando venne ritenuto in grado di viaggiare si diede mandato di spedire a casa, nell'aspra e generosa Sardegna, con congedo onorevole e proposta di decorazione, Mannoni Paolo di Pasquale. O quello che ne restava.

Di Carta Pietro, disertore e vigliacco, nessuna traccia.

Fino al Natale del 1919, quando Margherita Loddo – nella cumbissia della chiesa delle Grazie dove si era rifugiata per indigenza – non ricevette una visita inaspettata. Quella del figlio secondogenito, disonorato per l'esercito e dato per morto. Ma morto non era, e non pareva nemmeno sul punto di morire. Al contrario si era fatto robusto e piú alto di come lo ricordasse. E i capelli e la barba gli facevano come una nuvola scurissima intorno al volto serioso di ventenne. Aveva cibo e molti soldi. Cosa avesse fatto in tutto quel tempo, mentre a Núoro cresceva la fama dell'eroe storpio cittadino, non si sapeva con esattezza.

Ci sono moltissime leggende a riguardo. La piú accreditata afferma che dopo il giugno del '18 si fosse diretto verso Sud e si fosse riunito a bande di diseredati locali. Altri dicono che venne accolto, sconosciuto, in un convento del centro Italia, da cui, attraverso un viaggio di evangelizzazione, era poi riuscito a raggiungere la Sardegna.

Ma l'ipotesi piú credibile è che Pietro Carta di Vindice avesse attraversato a piedi gran parte del Continente per trovare lavoro al porto di Piombino finché non era stato in grado di ritornare a casa e dare corso ai suoi piani.

Quanto a Vindice Carta, licenziato, espropriato, ridotto in miseria, dal dire «sto male» a morire passò un nonnulla. Perché Vindice Carta, non essendo mai stato male in vita sua, non sapeva stabilire fino a che punto fosse malato.

– Ho mal di testa, – disse una sera rientrando nella catapecchia che l'estrema bontà del parroco gli aveva concesso dopo che don Pasqualino, per ritorsione, gli aveva tolto ogni cosa. Cosí si distese nel paglericcio e morí abbracciato alla febbre che chiamavano Spagnola.

Di lí a una settimana lo raggiunse Francesco che lavorava a giornata dove trovava, ma piú spesso girava senza far niente, reietto per estensione. Anche lui si sentí improvvisamente piú debole, e si rese conto che quel malessere che sentiva non era la solita fame ma qualcosa di diverso, come una tenaglia che gli tenesse teso e dolorante il collo stringendogli le tempie. Ci mise piú tempo a morire, almeno due giorni interi di tremori, tanto che sua madre Margherita Loddo fece il possibile per abbracciarselo tutto, e anche, poveretta, baciarlo in bocca, mentre tremava e biascicava e sbavava, nella speranza che quella maledizione, infettandola, colpisse anche lei. Ma nulla. Margherita Loddo era stata rifiutata dalla morte.

La guerra non finí sui campi di battaglia: in quel '18 la gente continuò a morire in pace, nella propria casa.

Don Pasqualino e il figlio Martino se ne andarono, accuditi e al caldo, quando il peggio sembrava scongiurato. La guida della famiglia Mannoni venne offerta per acclamazione all'eroe del Montello. Storpio, ma, dicevano, assai piú astuto del padre buonanima.

quattro

Riposano al cimitero in tombe assai diverse i Mannoni e i Carta, ma questo non li fa diversi. Perché chi resta può illudersi che dove si finisce dopo morti conti qualcosa, ma non conta niente. I cimiteri sono posti per i vivi. Ai morti non occorre altro che essere lasciati a generare compostaggio. Come le bestie selvagge che se ne vanno a morire dove i vivi non possono arrivare, dove non si portano inutili fiori e dove non ci sono inutili pianti.

Il tempietto dei Mannoni spiccava nel piccolo cimitero come una signora elegante in visita a una mensa di poveracci che si fosse messa a sedere con loro, piú eretta, piú rifinita, piú ingioiellata, piú profumata.

Le croci dei Carta erano poca cosa, due paletti modestissimi infitti nella terra come spiedi di legno spellato nella carne. Tutto qui, pensò Pietro alla vista di Núoro.

– Lo puoi capire, Margheri', che con tutto il buon cuore don Pasqualino non può fare diversamente vista la situazione. Povero cristiano, non sta nemmeno bene.

– Povero davvero, – commentò Margherita Loddo.

Annica la fulminò con gli occhi. – Guarda che non è stato lui a rimangiarsi quanto aveva promesso, ma quel campione di tuo figlio. Paolo l'hanno portato in ospedale che pareva morto e non camminerà piú, Dio solo sa se potrà permettersi una vita normale un giorno. Né si sa quando ce lo restituiranno, – riassunse, stringendo forte il velo che le avvolgeva il viso.

Margherita Loddo allargò le braccia. – Cosí ci mettete a morire di fame, – constatò, come se per l'appunto si trattasse di una conseguenza logica e basta.

– «Ci mettete» chi? – protestò Annica. – Guarda che avete fatto tutto da soli, perché voi Carta siete barrosi anche se non ve lo potete permettere! Sempre cosí siete stati, non c'è nulla da fare... – Annica rinforzò la sua frase con un gesto secco che le serví a fissare meglio i lembi del fazzoletto sotto al mento.

Passarono istanti in cui le donne si guardarono in silenzio. Momenti in cui tutto quello che non si dissero contò esattamente come se se lo fossero detto. Gli uccelli continuavano a volare, le bestie a moltiplicarsi e gli uomini a morire. Si poteva ipotizzare un mondo talmente ridotto da riuscire a raccontare l'immensità, ma si poteva anche restare prigionieri della propria limitatezza. Si poteva percepire con chiarezza che molte cose stavano per avvenire e che attenderle aveva allenato il respiro a non sembrare troppo concitato, ma silente, quasi impercettibile. Era l'immobilità di due bestie della stessa razza che pure la natura mette l'una contro l'altra. Era il 23 luglio del 1918, e faceva un caldo da seccare le fauci a parlare troppo.

– Voi, tu e i tuoi padroni, dovete solo pregare che Pietro sia morto come dicono, – si limitò a dire Margherita Loddo.

tre

Pietro abbracciò con lo sguardo Núoro di granito e mattoni, che voleva essere città.

Questa guerra maledetta se non altro gli aveva dato modo di sondare quanta varietà ci fosse intorno a lui. Arrivò a Bologna grazie alla generosità di un camionista che si chiamava Jorge: l'aveva tirato su poco sotto Padova senza chiedergli niente. La fine del conflitto aveva seminato per il nord Italia migliaia di quelli che si chiamavano sbandati, che per Pietro significava un po' banditi. Comunque Jorge era un uomo che sapeva le cose del mondo e conosceva persino la Sardegna. Era portoghese, disse, di un posto innominabile non molto lontano da Fatima. Conosceva Fatima? Sí, tutti conoscono Fatima. Le apparizioni dell'anno prima, aveva presente? Il miracolo del sole e tutto il resto...

– Che vai a fare a Bologna? – chiese col suo italiano strascicato.

Pietro ci mise un attimo di troppo a rispondere, perché quella domanda in qualche modo lo coglieva di sorpresa. E non era facile spiegare che cosa intendesse fare in generale. – Un posto vale l'altro, no? – affermò e chiese allo stesso tempo.

– Se non si ha niente da perdere, – concluse Jorge. – O da nascondere, – aggiunse guardandolo con la coda dell'occhio mentre guidava. – Cosa sai fare? – gli chiese vedendo che quell'altro non sembrava disposto a rispondere alle domande precedenti.

Pietro scosse la testa come se prima di dire qualsiasi cosa volesse scacciare i cattivi pensieri. – Quello che c'è da fare io lo faccio, – disse. Che pareva una formula sufficiente a chiarire tutto.

Ma Jorge continuava a guidare senza dare segno di aver sentito quanto aveva appena detto. – Cioè? – chiese.

– Cioè manovale, pastore, contadino... Quello che si trova.

– O quello che si cerca... – disse quell'altro. Aveva un modo di dire le cose e una disinvoltura di fronte alle persone che facevano una certa invidia a Pietro, che invece era guardingo e diffidente. – Alla gente non interessa quello che trova, – riprese Jorge, – vuole quello che cerca, chi aspetta di trovare qualcosa non fa troppa strada. Non senti caldo? Io lo odio, il caldo.

In effetti faceva un caldo asfissiante. Quel luglio era orizzontale come un piano perfettamente levigato, come una piastra incandescente.

– Ma tu cosa stai cercando, allora? – chiese Pietro quando gli sembrò concluso il tempo della riflessione.

Per tutta risposta Jorge accostò il camioncino all'ombra di un tiglio immenso che imbrattava gran parte della carreggiata di un vialetto periferico. La vita intorno sembrava completamente interrotta. Erano da poco le undici del mattino, la città si presentava sotto forma di campagna addomesticata e affranta dalla calura. Dai finestrini aperti penetrava un alito bollente.

Jorge si sporse per afferrare un giornale abbandonato dietro il sedile e lo mostrò a Pietro, puntando l'indice su una piccola notizia: a Buenos Aires, Argentina, il 9 luglio del 1918, vale a dire qualche giorno prima, la temperatura aveva toccato il suo minimo storico di -5,6 gradi centigradi.

– Ecco cosa sto cercando, – si entusiasmò Jorge. – Buenos Aires, Argentina! – Se a Pietro era sembrato distante, lontanissimo, il Carso, figurarsi l'Argentina. Perciò sorrise come si sorride davanti a qualcosa impossibile da affrontare. – Temperatura media annuale 18 massimo 19 gradi: il paradiso, – si entusiasmò Jorge che pareva particolarmente attratto dalla meteorologia. – Vedi qui, per esempio... questa è una città meravigliosa, si mangia bene e ci sono bellissime donne, ma la temperatura no, proprio no –. A Pietro la temperatura non era mai sembrata cosí importante, ma Jorge aveva un entusiasmo trascinante. – Io vengo dal Portogallo, hai presente?

Pietro non aveva presente, ma sperò che il suo silenzio l'avrebbe fatto sembrare meno ignorante. – Fatima, – ripeté come a dire che non era del tutto sprovveduto.

– La Madonna, – aggiunse Jorge. – Che poi Madonna non è, – rivelò. – Hai fame? – chiese. – Offro io, ho una proposta da farti –. Questa volta Pietro si voltò per affrontare il suo sguardo e fu costretto ad ammettere che non c'era un briciolo di esagerazione in quello che affermava. – Sei religioso? Ti ho offeso? – domandò.

– Macché, – reagí Pietro, dimostrando il contrario di quanto diceva. In effetti a lui quelle incursioni nel blasfemo lo mettevano a disagio.

Jorge posò il giornale dietro di lui esattamente dove l'aveva preso poco prima, e rimise in moto. – Hai fame? – ripeté.

– È una questione di fede, – protestò poco dopo davanti a un piatto di pasta.

– Lascia che ti dica, – insistette Jorge.

Pietro ingoiò. – Non mi interessa davvero, – si rabbuiò. Erano andati in una trattoria modesta ma molto pulita. Il padrone, un anziano dall'aspetto cinico, li aveva serviti con una certa riluttanza.

– Di fede, dici? – continuò a un certo punto Jorge come se non avesse nemmeno registrato il fastidio di Pietro per quell'argomento. – Qui nessuno ha piú fede in niente, vogliono tutti prove provate.

– E quindi che fede sarebbe se occorrono le prove? – domandò Pietro. Quasi di buonumore per la bontà semplice del cibo che stava divorando.

Era chiaro che lui non sapeva come stavano realmente le cose intorno alle apparizioni mariane di Fatima, insistette Jorge in attesa della trippa fredda che avevano ordinato. Era chiaro cioè che, come tutti gli altri, fosse davvero convinto che la Madonna si era palesata a tre pastorelli per dire che la guerra stava finendo. Come se non fosse ormai chiaro a tutti che la guerra stava finendo.

Pietro si oppose dicendo che non era affatto chiaro a tutti che la guerra fosse agli sgoccioli, che bisognava essere nell'esercito per avere quella percezione e anche in trincea era tuttalpiú una speranza. Ma Jorge non voleva sentire ragioni, perché lui affermava di sapere come erano andate esattamente le cose...

Lui, Jorge, la conosceva bene quella che dicevano essere la Madonna. Si era trattato di un equivoco tremendo, dovuto a una serie di circostanze precise. C'erano di mezzo un prete con le mani lunghe, una ragazza irlandese, una compagnia di giro specializzata in drammi religiosi. E questi erano gli elementi principali. Ora si trattava di capire se Pietro sapesse come si racconta una storia. Lo sapeva? Jorge proseguí senza aspettare una risposta, quasi che quella domanda fosse addirittura un pezzo della vicenda che voleva raccontare. Non era chiaro se Pietro avesse voglia o meno di sentirla. Di Jorge aveva compreso che aveva un sesto senso, o abbastanza esperienza, per capire quando le case erano vuote e che aveva una certa abilità nell'entrarvi dentro. Solo quelle che contenessero qualcosa per cui valesse la pena di entrare, beninteso. Cosí ingoiò il suo boccone, tranguGiò il suo bicchiere di vino, mentre l'altro iniziava a raccontare.

– Si stava preparando la grande recita mariana. Gli O'Malley, Erin e la moglie Alma, con la famiglia: la figlia Fiona di quattordici anni, il figlio Bert di venti con la moglie Erminia, italiana. Avevano trovato ospitalità presso una fattoria in Atouguia. Erano arrivati in Portogallo solo tre mesi prima a bordo di un mercantile che li aveva prelevati da Rosslare per Cherbourg, e poi da Cherbourg fino al porto di Lisbona, dove i rifugiati cattolici avevano ancora accoglienza all'epoca in cui i feniani non erano esattamente ben visti né in Irlanda né altrove... sarà per quel modo tutto loro di vedere le cose che si esprime già nel definire «noi stessi» tutto il rigido apparato di precetti che si portano dentro. Bene, gli O'Malley tentavano di racimolare di che nutrirsi in giro per la grande città. Portavano in scena nei cortili delle parrocchie una breve recita su come San Cainnech, che era stato compagno di San Colombano in Scozia, avesse fondato, nella contea di Laois, il grande monastero di Aghaboe, dopo aver superato le prove dell'acqua e del fuoco imposte dai conti pagani, poi convertiti. Delusi dai risultati economici dei loro sforzi, su consiglio di preti locali, avevano deciso d'incamminarsi verso l'interno del Paese, dove da sempre vive la generosa gente semplice. Dopo vari tentativi falliti e molti chilometri, ingaggiati dal parroco locale, avevano trovato asilo presso dei contadini di Atouguia, tra Fatima e Ourém. Il mandato era di preparare, per quel pubblico devotissimo alla Vergine Maria, una storia straordinaria che riguardasse la Madonna. Il guadagno era abbastanza misero, ma era qualcosa. O'Malley vagliò varie possibilità finché alla giovane cognata Erminia non venne in mente la storia straordinaria che si raccontava nel suo paese d'origine, il Friuli, che era all'estremo dell'Italia e che proprio in quella stagione era teatro di guerra. Cosí, in una lingua mediata dal parroco locale, scrissero una recita sulla miracolosa immagine della Madonna che superando i flutti, le tempeste e le trappole di Satana, riesce ad approdare sull'isola di Barbana incarnandosi e convertendo i pagani locali. Ora, situare il miracolo in quel posto sconosciuto ai piú non apparve cosa troppo furba allo scaltro parroco portoghese, il quale propose di spostare l'intera vicenda a Madeira, dove c'era il mare, le tempeste e, soprattutto, un punto geografico che quei sempliciotti dei suoi parrocchiani potessero collocare... Non ci volle molto tempo per capire che l'interesse del prelato per la recita agiografica era assai minore di quello che nutriva per la giovane Fiona che, bardata di bianco purissimo, avrebbe dovuto interpretare la Madonna che al contatto con la sabbia di Porto da Cruz s'incarna e irradia la luce della grazia agli allibiti pescatori locali. Qualche giorno prima del debutto, era di maggio, il mese mariano per l'appunto, il satiro in abito talare si rivelò alla ragazza alla prova definitiva del costume di scena. Le confessò il fuoco che gli ardeva dentro e tentò di baciarla. Lei lo scartò e fuggí dalla canonica vestita e velata di bianco. Inseguita dal goffo prete si lanciò nella campagna trattenendo la tunica con entrambe le mani perché non l'intralciasse. Si ritrovò in una macchia apparentemente senza uscita. Si arrampicò su un basso albero per capire quale fosse la direzione da prendere, guardò inutilmente verso la forra perché le fronde le impedivano di portare troppo in là la visuale. Sentí qualche campanaccio di greggi che pascolavano nella macchia. E all'improvviso si rese conto che tre pastorelli, due bambine e un bambino, dalla radura poco distante, la stavano guardando. Era il 13 maggio del 1917.

– Ah, – si limitò a commentare Pietro dopo essersi pulito il muso imbrattato di ragú.

– Non capisci? Non c'era altro da fare, quei tre l'avevano presa per la Madonna, le chiedevano cose che lei non capiva e, per quanto lei spiegasse che cosa le stava capitando, quegli altri non potevano capirla.

– Va bene, e le altre apparizioni allora?

– È chiaro, no? Quella prima fece talmente scalpore che il luogo divenne meta di pellegrinaggio: era molto di piú di quanto O'Malley o il parroco potessero aspettarsi. Le altre apparizioni vennero organizzate. In fondo non c'era molta differenza rispetto alla recita prevista. La gente crede a quello che vuole credere.

– Finirai all'inferno, – commentò Pietro.

– Sei pronto? – chiese a un certo punto Jorge senza staccare lo sguardo dalla grande casa che si vedeva dirimpetto oltre la vetrata dell'osteria.

– Per cosa? – rispose Pietro vedendolo in allarme.

– Abbiamo dieci minuti al massimo per entrare in quella casa, – decretò segnalandosi all'oste per avere il conto. – La domestica è appena uscita e ha messo la chiave sotto al vaso di ortensie, – spiegò abbassando sensibilmente la voce. – E se ha lasciato lí la chiave vuol dire che la casa è vuota. Il punto è osservare, osservare sempre: ci sono talmente tante cose che la gente fa credendo di non essere vista.

– Dieci minuti, – ripeté Pietro. Lo angosciava un poco il pensiero che l'effrazione di quella casa sarebbe stata il suo battesimo del fuoco, ma allo stesso tempo lo consolava il fatto che il suo compito sarebbe stato solo «fare il palo», come gli aveva spiegato Jorge. Disertore e ladro, riassunse tra sé e sé, prima di rendersi conto che quell'altro lo stava spronando a sbrigarsi.

due

Certo: disertore e ladro. Topo d'appartamento come i giornali definivano quelli come lui. Ma, nonostante la leggenda che gli era stata scritta addosso, mai assassino.

In queste riflessioni Pietro poté cogliere lo scaturire dell'alba dal profondo della macchia raggelata di quel gennaio. Di lí a poco avrebbe fatto ventun anni.

Non vedeva Paolo da quel giorno in mezzo al campo di battaglia, quando l'esplosione l'aveva fatto diventare una povera cosa spaventata che lui aveva dovuto portare al riparo.

Quel tempo era stato un immenso vomere che aveva ribaltato il terreno delle loro esistenze.

Di Paolo si sapeva che era sopravvissuto alla prima linea e, per questo, era tornato a casa da eroe.

Del resto non si diventa eroi che per sopravvivenza?

Dopo la morte del padre e del fratello maggiore aveva potuto esercitare la potenza di quella mente sopraffina che aveva a dispetto di un corpo totalmente inefficiente.

Di Pietro si sapeva che da vigliacco disertore era tornato clandestinamente a casa, e nonostante fosse ricco come un Creso, si era fatto grassatore e assassino. Dopo la morte del padre e del fratello aveva fatto valere la prepotenza del balente e sistemato sua madre in una grande casa a Lollove, ottenuta con la persuasione del piú forte.

Ebbene, pensò Pietro mentre camminava verso Núoro rallentando leggermente il passo, disertore e ladro, ma mai, mai, assassino.

– Macché, macché! – sbottò Paolo Mannoni. Tenuto in una posizione semieretta da un esoscheletro di legno e ferro, aveva l'ambiguità potente dell'uomo-macchina. La movenza impacciata e meccanica dell'automa. Il viso era restato intatto, e ora che procedeva verso l'età adulta acquistava la personalità del padre scomparso. Ne aveva assunto persino qualche movenza, tipo quando scuoteva il capo per scacciare l'insetto molesto di un'affermazione inaccettabile come in quel preciso momento.

Il maresciallo Blasco attese che si calmasse. – Le segnalazioni si sprecano, – confermò.

Paolo gli fece segno di tacere. – Le segnalazioni non contano niente, – affermò. – Qui la gente parla perché ha la lingua in bocca, maresciallo. Se prende una mappa può appurare che Carta è visto dappertutto contemporaneamente –. Il maresciallo abbassò la testa. – Quello che mi preoccupa è esattamente l'opposto. La sua fama lo precede e lui lo sa e ne approfitta, gli basta presentarsi e ottiene ciò che vuole: capi di bestiame, parti del raccolto. Accumula senza colpo ferire e i nostri ricavi ne risentono...

– Resta un individuo pericoloso, e se non l'abbiamo preso finora è solo perché sa come muoversi.

– Se non l'avete preso finora è solo perché non avete alcuna possibilità di prenderlo, a meno che non intervenga qualche fatto straordinario.

– Capisco dove vuole arrivare, Mannoni, ma non credo di poterglielo permettere...

– A me non farà niente, maresciallo.
– Ma come è sicuro che si presenterà?
– Si presenterà.
Blasco scosse la testa. – È un azzardo, Mannoni. Lei capisce che ho una responsabilità...
– Macché! – ripeté Paolo piú irritato di poco prima. – Mi lasci fare, maresciallo, mi lasci fare... Questa è una questione che dobbiamo risolvere, come suol dirsi, in loco. Con i nostri metodi perché i vostri non funzionano.
– Ma farlo venire qui, in casa vostra, non è prudente, – resistette quell'altro.
– Non sapete, non immaginate, – tagliò Paolo. – Annica! – chiamò urlando verso la porta dello studio di don Pasqualino che ora era diventato il suo studio.

Jorge raggiunse Pietro un attimo prima che la domestica rientrasse. Aveva l'aria soddisfatta. Mentre Pietro si affrettava, lui manteneva il passo lento di chi non ha niente da temere.

Il suo metodo era scartare gli oggetti ingombranti a favore dei gioielli e dei contanti. Semplice a dirsi, meno a farsi. Perché i preziosi e i soldi bisogna cercarli, a differenza dei quadri o dei vasi che sono fatti per stare in bella vista, ma, per fortuna, la gente ha poca fantasia, affermava Jorge, e crede di essere furba se nasconde orecchini nella zuccheriera o collane nel recipiente del riso. O, peggio, banconote dentro al materasso.

Quella spedizione era andata benissimo, quando fossero stati abbastanza distanti avrebbero potuto contare e spartire. Tutto intorno era quieto come nella campagna piena. Lo sguardo di Pietro corse lungo la via diritta che portava al centro di Bologna, rossa come un immenso modello d'argilla.

– Qual è la regola? – chiese Jorge a un certo punto.

– Mai centri cittadini, mai zone affollate, mai due case nella stessa zona, – recitò Pietro.

– Perfetto, compare, – confermò Jorge. – Ci sono oltre cento lire per te, – annunciò.

Pietro spalancò la bocca quasi avesse bisogno di respirare meglio. Faceva un caldo d'inferno. Il pomeriggio si consumava in una graticola incandescente. – Cento lire? – chiese.

– Qualcosa in piú. Ora vediamo… – assicurò Jorge. – Ma non è finita, un altro paio di case e stanotte ci spostiamo…

Due giorni dopo, a bordo del camioncino ragliante, erano arrivati alle porte di Pistoia. Il metodo era oramai consolidato: si cercava un posto fuori mano dove lasciare le borse col bottino che avevano messo insieme, poi si pascolava in periferia dove i quartieri sono ampi, le case grandi, e si aspettava il momento adatto per entrare. Solo contanti e gioielli. Jorge «operava» e Pietro controllava che nessuno rientrasse. Avevano concordato un segnale preciso da fare in caso di pericolo: era quel fischio acuto, prodotto da indice e pollice ad anello sotto la lingua, che aveva imparato da bambino per farsi obbedire dalle greggi. Ma di fischiare non ce n'era mai stato bisogno, perché il metodo di Jorge era discreto, veloce e sicuro.

Passò qualche minuto, si sentí un cane abbaiare nel silenzio tramortito di quel pomeriggio bollente, un altro cane rispondere poco lontano, poi un altro ancora, come un'eco sempre piú distante. Quindi, di nuovo, silenzio assoluto.

Una folata caldissima trasportò un aroma denso di pini e pioppi. Una parata di aironi saettò verso la palude. A Pietro parve di udire il fischio di un treno. Aveva imparato a usare quelle attese per costruirsi nella testa un futuro: dopo aver accumulato abbastanza quattrini, sarebbe tornato a casa e avrebbe donato tutto alla sua famiglia.

Finalmente, in questi pensieri, vide Jorge tornare. Teneva un fardello sotto la giacca, avanzava oppresso dalla calura. Lo raggiunse ansimante.

– Questa è l'ultima, – disse aumentando l'affanno e cercando un appoggio. Gli scappò una risata incongrua. – È l'ultima, – ripeté, mostrando il bottino avvolto in un panno intriso di sangue.

Pietro trasecolò. – Non ho visto nessuno entrare! Nessuno! – giurò.

– Era dentro, – chiarí Jorge. – Qualche volta anche i geni del male sbagliano –. Respirava sempre piú a fatica.

– Fammi vedere, – disse Pietro. – Ma spostiamoci da qui.

– L'ho ucciso, – tagliò l'altro, con quell'ansietà mista a impazienza che Pietro aveva imparato a vedere nei moribondi.

– Hai ucciso chi?

– Non so, un uomo, era in casa... – spiegò Jorge con la lingua che gli s'impastava. – Avrei giurato che fosse vuota. Mi ha colpito, ma io l'ho ucciso.

– Tieni premuto, – disse Pietro, cercava qualcosa con cui tamponare lo squarcio che apriva il fianco destro di Jorge dal capezzolo al fegato.

– Lasciami qui, – disse Jorge senza implorare, senza piú ansimare, come se fosse sopraggiunta una certezza superiore, ineludibile, impossibile da ignorare. – C'è di buono che non sento piú questo caldo fetente, – provò a smorzare sorridendo. Aveva cominciato a tremare. – Buenos Aires, – sussurrò. – Prendi tutto...

Cosí dovette abbandonarlo, ma sapeva che Jorge non gliene voleva per quello. Il fagotto intriso di sangue conteneva ventimila lire e qualche gioiello di poco conto. Non male. Non male proprio. Senza contare che nascosto poco distante c'era un patrimonio che l'avrebbe messo al sicuro per tutta la vita.

Solo due giorni dopo Pietro pagò per un passaggio su un mercantile che dal porto di Livorno lo avrebbe sbarcato a Porto Vecchio in Corsica e, di lí, in Sardegna.

– Porta qualcosa da bere al maresciallo, qualcuno di quei liquori che sai fare tu, – intimò Paolo Mannoni ad Annica.

– Nocino, mirto, liquore all'uovo? – elencò la donna.

– O magari un bicchiere di vino buono olianese, – la sovrastò il padrone di casa.

Blasco scosse il capo perché senza troppo rammarico preferiva non bere niente, specialmente in Sardegna e specialmente di fatto in casa: tutto incredibilmente rustico e alcolico. Roba che prendeva alla testa in men che non si dica. – Troppo gentile, ma sono costretto a rifiutare, – disse, cercando di convincere il suo ospite che rinunciava con grande afflizione.

– Non insisto, – lo rassicurò Paolo. – Non sono di quelli che confondono l'ospitalità con la coercizione, – disse. E qui capita sovente, pensò tra sé e sé il maresciallo, ma si limitò a fare un cenno di ringraziamento.

– Puoi andare, – intimò Paolo ad Annica, che si dileguò.

– Non servono troppi uomini, tre, quattro al massimo. Ben armati, non in divisa. E devono aspettare il mio segnale, – scandí poi, in direzione del maresciallo, con un movimento della mascella che sembrò far cigolare tutto il complesso meccanismo che gli teneva il busto dritto.

Il maresciallo Blasco accennò di sí, blandamente, come si fa quando si è costretti a convincersi di qualcosa di cui non si è convinti. – Ho già in mente le persone giuste, – disse con una precisa cautela nel tono. Il maresciallo detestava chi si dichiarava troppo sicuro su tutto. In Sardegna aveva imparato sostanzialmente a non dare per sicuro alcunché, ma aveva imparato anche a far sembrare il contrario. – Siete uno strano popolo di fatalisti, – commentò all'improvviso, come se quell'affermazione fosse del tutto conseguente a un discorso che pure non era stato fatto.

– «Siete» chi? – chiese Paolo Mannoni, come se non ci fosse niente d'incongruo in quella riflessione. Come se andasse espressa nonostante fosse il frutto di un pensiero del tutto privato, se non addirittura intimo.

– Voi sardi, – rispose il maresciallo.

Ecco la conseguenza logica del non fare troppa attenzione alle esternazioni che si permettono, pensò Paolo cercando di valutare quanti metri ci fossero di lí alla finestra. Aveva voluto farsi trovare in piedi sorretto dalle pesanti gambe artificiali e dal busto metallico che correva dai lombi alla nuca. Nella sua situazione ogni metro era una conquista, l'impalcatura che lo teneva eretto non era in grado di sostenerlo senza un appoggio.

– Vuole che l'aiuti a sedersi? – chiese il maresciallo evidentemente attento alle circostanze. Ma nonostante l'offerta non si mosse.

– Va bene, – tagliò Paolo reggendosi allo schienale della pesante sedia che era stata quella di suo padre. – Va bene, – ripeté con una leggera smorfia, significando che qualche problema c'era. – In direzione di quella finestra lí, – disse mostrandola con un gesto del mento. Ora si era pentito di aver voluto farsi trovare in piedi pur sapendo che quella posizione lo sfiniva oltre ogni dire.

Il maresciallo accennò di sí, che aveva capito, disse che avrebbe individuato un posto per sistemare il suo uomo in modo che potesse vedere per bene il segnale da quella finestra.

– Che nessuno, e dico nessuno, si muova prima del mio segnale, – completò Paolo col tono di chi è costretto a ripetere qualcosa a cui tiene solennemente. – Ora quell'aiuto mi servirebbe, – disse abbassando di due toni la voce.

Il maresciallo lo raggiunse con uno scatto in avanti e gli offrí la spalla.

Paolo allungò il braccio e si lasciò trascinare verso lo scranno. Cadde con un leggero tonfo sul grosso cuscino damascato posato sulla seduta. Respirò come se dovesse assorbire il riverbero di quella caduta.

Ci fu un silenzio abbastanza lungo, ma non troppo fitto perché non fosse riempito dal crepitio delle braci nel camino, dal ticchettio della pendola, dallo stridore sottile come di aria fra i denti che il vento produceva forzando le fessure delle finestre, dal gorgoglio dimesso delle tubature nuove per l'avveniristico impianto idrico domestico. Quel silenzio fu anche riempito da un ricordo lontano e vivido, per Paolo: il giorno in cui lui e Pietro entrarono di nascosto in quello studio mentre tutti gli altri dormivano. Ora in quella pausa improvvisa stava rivivendo esattamente il fragore del silenzio compatto di quel momento. Con la differenza che allora si poteva sentire in petto il tamburare dei loro cuori.

– Si potrebbe anche convocarlo senza che lei rischi necessariamente di persona, – propose improvvisamente il maresciallo Blasco. – Posso mettere un mio uomo qui al suo posto.

Paolo sorrise aderendo ancora meglio alla regale spalliera della sedia padronale. – Vede che lei i sardi proprio non li conosce, maresciallo? Questo combinano a Roma, – rifletté a voce alta. – Pensano che questo sia un territorio come un altro.

– Nessun territorio è come un altro, – scandí il maresciallo un poco risentito. – Non siete speciali.

– Ha capito cosa intendevo.

– Ho capito che non c'è modo di essere equi in situazioni di questo genere. Quando si parla di Nazione, su certi argomenti i territori contano il giusto. Sono i principî che contano, e quelli non fanno differenze.

Paolo Mannoni abbozzò un sorriso che poteva essere di resa ma anche di accondiscendenza. – Non mi succederà niente, – disse.

– Mi chiedo solo perché ha aspettato cosí tanto. E mi chiedo cosa le faccia avere la certezza che Carta non prenderà le sue «precauzioni» prima dell'abboccamento, – incalzò il maresciallo. Era un uomo retto, voleva garantirsi la coscienza pulita.

– Chiamiamola fede, maresciallo. Quando ero in punto di morte sul campo di battaglia ho pregato che tutto sparisse, non di sopravvivere, che tutto si spegnesse in fretta. Cosí, per benedizione, ho perso i sensi. E credo di aver sognato e pregato di essere messo al sicuro, capisce? Cosí qualcuno mi ha messo al sicuro. Poi mi sono risvegliato.

Il maresciallo scosse la testa, non se la sentiva di dire che non aveva colto il nesso tra quelle parole e il discorso che stavano facendo.

Intanto imbruniva. – Si ferma a cena? – chiese Paolo.

Il maresciallo mostrò il palmo della mano destra da cui, entrando, aveva sfilato il guanto, come se dovesse stoppare con fermezza l'avanzare di tanta gentile ospitalità. – Mi piacerebbe, – disse. – Ma non posso –. E per rafforzare quel diniego obbligato si alzò in piedi e abbozzò una posizione sull'attenti. – È per domani mattina, dunque, – affermò per riassumere tutto il senso di quell'incontro colmo di divagazioni, prima di avviarsi verso l'uscita.

– Sí, è per domani mattina, – confermò Paolo. E Paolo chiuse gli occhi mentre lo sentiva andar via.

– Sei tu?

– Sono io. Ce la fai ad alzare il braccio?

– Non so... Dov'eri andato?

– Da nessuna parte, sono sempre stato qui. Dammi la mano. Hai male?

– No, davvero, mi sento strano, come fossi senza peso. Sei tu?

– Sono io, certo.

– Ah bene, dove mi porti?

– Al riparo, qui non va bene. Riesci ad afferrarmi la spalla?

– Ci provo...

– Cosí, bravo. Ti faccio male?

– No, no...

– Non piangere.

– Va bene, non piango.

– Solleva la schiena, ce la fai?

– Ci provo... Sei tornato?

– Non me ne sono mai andato. Aggrappati a me.

– Sí, mi sento cosí stanco.

– Ci sono io adesso, aggrappati a me.

– Che cosa ci è successo?

– Non piangere...

– No, è che sono contento di vederti.

– Sono qui, lasciati andare, ci penso io.

– Sí. Aspetta! Aspetta!

– Che c'è?

– Cos'è tutto questo rumore?

– Non badarci, lasciati andare...

– Che cos'è?

– Sono tuoni.

– Tuoni?

– E lampi.

– Sei tu?

– Sí, certo, sono io. Ci siamo quasi, ancora pochi metri.

– Ho sonno.

– Non dormire adesso, non è il momento di dormire. Ancora pochi passi.

– Sí, ci provo. Sono poiane quelle?

– No, non lo sono, volano troppo bassi. Ci siamo quasi, resisti.

– Che ci è successo?

– Non piangere, dài, non piangere... Risparmia le forze.

– Ho paura.

– Ci sono io, niente paura.

– Sei tu?
– Sono io.
– Ancora tuoni?
– Andiamo al riparo.
– È una brutta giornata, eppure davano sole.
– Eccoci, eccoci.
– Pie', sei tu?
– Eja, Pa', sono io.
– Pie'...
– Eh?
– Me lo dici cos'hai chiesto?
– No che non te lo dico... non si dice. E tu: che cosa hai chiesto?
– Eh eh eh: non si dice!

Quando riaprí gli occhi li sentí umidi. La stanza pareva improvvisamente sommersa di acqua salmastra, tanto velato si era fatto il suo sguardo. Gli oggetti vibravano come accade quando il suolo, sfiancato dalla canicola, esala vapore. Strizzò e sbatté le palpebre per ristabilire la chiarezza della visione e cancellare quell'incertezza e quella realtà che pareva volersi dissolvere. Si aggrappò ai forti braccioli di quella sedia che era stata il trono paterno per sollevare tutto il busto oltre il piano della scrivania. L'esoscheletro cigolò sui fianchi e sugli snodi delle ginocchia.

Quando lo sguardo tornò normale era sfinito. Piú di quanto lo fosse mai stato. Piú di quando era stato costretto a dormire nelle baracche putride della trincea o di quando senza fiato calcolava che c'era ancora un sacco di tempo prima che terminasse la ricognizione. Piú sfinito di quando con un carico di gavette vuote doveva percorrere i pochi metri che separavano gli alloggi dalle cucine da campo in quell'inverno che aveva raggiunto i meno venti.

Oh, si trattava di una stanchezza diversa adesso. Non di rancio scarso o dissenteria, o disperazione. No: si trattava piuttosto di constatare una volta per tutte quanto pesasse l'esistenza nel suo procedere. Quanto diverso fosse quello che era diventato rispetto a quello che aveva pensato di poter essere. Si disse che aveva vent'anni, e che di lí a poco ne avrebbe avuto ventuno e cosí via. Si disse che tutto ciò in cui aveva creduto fermamente si era sgretolato senza pietà. Come se diventare adulti non fosse nient'altro che prepararsi a distruggere, con un soffio, il castello di carte che abbiamo costruito da bambini. Avrebbe potuto essere una di quelle rivelazioni che ribaltano il mondo, ma a Paolo Mannoni sembrò solo il modo piú crudele di riconoscere una sconfitta.

Ora per esempio non restava che consegnare Pietro al suo destino. Convocarlo e farlo catturare, come avrebbe fatto un Giuda qualunque. Perché, per quanto si potesse resistere alla potenza dell'ineluttabile in nome della fratellanza, era l'unico che poteva mettere fine al sopruso di un disobbediente che torna dall'aldilà ricchissimo, imprendibile.

Dopo il lungo ricovero all'ospedale, Paolo era stato con cautela riportato a casa. Don Pasqualino non aveva lesinato sulle cure e sugli ultimi ritrovati meccanici per inventargli una vita normale. Un giovane allettato lo inorridiva, sicché il semiparalitico venne trasformato in uomo-macchina. Quando capí che la Spagnola se lo sarebbe portato via, dette mandato al notaio Paffi perché ogni risorsa che lui aveva accumulato per la casata fosse destinata alla sussistenza di Paolo. Gli altri fratelli, volenti o nolenti, dovettero limitarsi ad accettare una rendita fissa uguale per tutti, e a firmare un documento di rinuncia completa ai propri ulteriori diritti di successione. Questo fardello si rivelò per Paolo assai piú oneroso di quell'armatura che era costretto a portare per mimare una posizione eretta che durava al massimo trenta minuti. Dopo quel tempo doveva sedersi per ore.

Tra il ritorno di Paolo piú morto che vivo dal fronte e la morte di don Pasqualino si formò, e prese corpo, la leggenda di Pietro Carta: non morto, disertore, fuggiasco, violento e pronto a riprendersi quanto gli era stato sottratto. Don Pasqualino, una volta saputo che Paolo «era stato abbandonato al suo destino» da colui a cui era stato affidato, aveva messo sul lastrico la sua famiglia: madre, padre, fratello.

Negli stenti il morbo del secolo si era portato via prima Vindice Carta e poi, nel giro di una settimana, suo figlio Francesco. Pietro intanto risultava scomparso. Si sapeva che aveva disertato e si ipotizzava che sarebbe ritornato. E con questo si diceva tutto. Perché se fosse ritornato l'avrebbe fatto per ripigliarsi quello che gli spettava, e anche qualcosa di piú. Quell'assenza, quel vuoto, furono riempiti dalla vulgata che lo annunciava a ogni attracco di piroscafo o di mercantile, da Livorno, da Piombino, financo da Napoli.

Ma l'avvenuto ritorno di quell'Ulisse in patria diventò palese solo quando fu troppo tardi. Perché era avvenuto nel tempo, in silenzio, attraverso piccole transazioni e passaggi di proprietà. Terreni che cambiavano padrone, case che venivano riscattate, rate miracolosamente estinte. Cosí i maggiorenti locali, senza piú debitori, senza piú questuanti, senza piú clientes e potere, avvertirono che qualcosa era cambiato, che quelle che sembravano azioni separate erano invece del tutto assimilabili, che in ognuna mutava il prestanome ma non l'erogatore. Pietro Carta era tornato, ed era tornato ricchissimo.

Da dove fosse derivata tanta ricchezza era un mistero, ma le voci correvano al punto che gli vennero ascritte tutte le rapine e le grassazioni vecchie e nuove. Per quanto lo si segnalasse dovunque, nessuno l'aveva visto. Si diceva fosse stato addestrato da Ardito, e che questo lo rendeva scaltro e micidiale. Si tentò di stanarlo in ogni modo, arrestando persino la madre per qualche tempo, inutilmente.

Lo si individuò persino nella micidiale cerchia di Samuele Stocchino, che era il demonio in persona. Le pressioni su Paolo Mannoni crebbero a dismisura: solo lui poteva stanare la bestia.

uno

Cosí Pietro aveva imboccato la via che portava al centro abitato. Aveva accettato l'incontro con Paolo pur capendo ogni cosa fin dall'inizio. Capendo cioè che ci sarebbe stato piú d'uno ad aspettarlo, e che Paolo non aveva potuto fare altro che prestarsi a fare da esca per la sua cattura.

Quella mattina di gennaio ripuliva i graniti con una minuzia straordinaria, perché un'aria sottile come il millesimo di un millesimo della punta di un ago poteva raggiungere le fessure piú invisibili, e penetrare nel corpo stesso della materia. Era quel freddo straordinario e micidiale che lui e Paolo avevano già sentito anni prima, a marzo, qualche giorno avanti la partenza per la guerra. Si erano dati appuntamento nell'interno della chiesetta di San Carlo, che per quanto si chiamasse chiesa non era tuttavia nulla piú che una cappella. Ma lí c'era la statua dolente di una Santa Lucia con occhi enormi sul piatto. Si erano voluti incontrare per salutare Lucia, l'omonima, che se n'era andata da un giorno all'altro per un'affezione sconosciuta. Sarebbe arrivato un tempo in cui tutte le malattie, anche le piú minuscole e segrete, avrebbero avuto un nome. Ma loro erano prima di quel tempo, e abitavano in una storia silenziosa. A quei due, a un passo dal baratro, non era concesso di capire, ma solo di subire. Non era concesso di conoscere, solo di accettare.

La notizia della morte di Lucia Pirisi si era sparsa appena appena, come un accenno. E loro stessi, Paolo e Pietro, l'avevano appresa per caso, giorni dopo il seppellimento.

Per questo decisero che si sarebbero incontrati a San Carlo davanti alla statua di Santa Lucia. All'interno li aveva accolti un freddo di tomba, che sigillava le labbra, tanto che non emisero un fiato per tutto il tempo in cui si intrattennero al cospetto della Santa, dell'omonima.

– Che cosa hai chiesto? – domandò Paolo appena fuori dal portale.

Ora il freddo esterno sembrava persino tepore.

– Non si dice, – rispose Pietro con uno sconcerto evidente. – E tu? – chiese a sua volta in una specie di sfida.

– Non si dice, – lo imitò quell'altro.

Risero. La luce turchese svaporava in una consistenza slavata e brumosa.

Sulle loro teste, e sui comignoli fumanti, venne a pascolare un gregge di nubi candidissime. L'aria si fece d'improvviso consistente e turbolenta, quasi si stesse preparando ad accogliere una folla sospesa che aveva necessità di un sostegno. Come nelle pale del Giudizio, quando i santi si affollano nella sala del trono non senza un certo trambusto prima di trovare la posa per il pittore. O come se i riverberi dell'inferno che si stava vivendo nella terra oltremare fossero arrivati anche lí, in quell'anfratto del mondo possibile, a turbare quelle due vite talmente minime da non meritare nessuna attenzione.

Era marzo, freddissimo come un inverno testardo. Mancavano due giorni alla partenza per il fronte.

zero

Il centro abitato sembrava essere cresciuto durante la sua assenza. C'era qualche abitazione moderna che Pietro non riconosceva. C'era un accenno di urbanità, come se si cercasse di nascondere tra le pieghe del proprio passato l'ossessione di essere qualcosa che non si era. Quando giunse all'altezza di casa Mannoni trattenne il respiro. Il cielo si era fatto lattiginoso e, forse, di lí a poco sarebbe nevicato. Le cornacchie strappavano l'aria e i passeri razzolavano rasoterra come minuscole galline, per scovare le poche sementi infilate tra le pietre del selciato.

Il dio dei racconti, quello che sa ogni cosa prima che diventi voce o avvenga sul foglio, avrebbe potuto dichiarare il perché e il percome. Avrebbe potuto cioè rendere inutile qualunque resoconto e, di conseguenza, se stesso. Da tempi immemorabili gli dèi omettono i particolari salienti per difendere il proprio significato. Spargendo solo briciole di senso. Sicché agli umani, auditori, lettori, non resta che raccoglierle come quei passeri.

Pietro e Paolo nel gelo infinito, inenarrabile della chiesetta, senza una lacrima, piansero la vita talmente fugace di Lucia da poter sospettare che fosse senza senso. Da poter sospettare che Lucia non fosse mai esistita. E forse fu proprio per quello, per darle un significato a dispetto di tutto, che sentirono di doverla piangere in silenzio.

Ma ora, fuori da queste riflessioni che non sapeva di poter fare e che però dormivano in lui, davanti alla facciata della chiesetta di San Carlo, assai vicino alla grande casa di Paolo, Pietro rivide quello che erano stati e rivide le circostanze che l'avevano portato lí nonostante sapesse di rischiare la vita. Rivide lo sguardo assorto di Paolo mentre ingoiava il giuramento rivolto ai bulbi oculari di vitella che Santa Lucia, l'omonima, esponeva nel piatto. E poi se stesso, quando fu il suo turno di ruminare un voto, o, piú che altro, quella che il prete definiva attestazione solenne. Perché di voto vero e proprio non si era trattato, ma di auspicio sí.

Fece i pochi passi che lo separavano dall'ingresso secondario del palazzotto, si guardò intorno: se c'era qualcuno armato ad attenderlo era nascosto bene. Bussò.

Passarono almeno due minuti prima che riconoscesse all'interno il passo determinato di Annica che veniva ad aprirgli. Lei schiuse poco poco l'uscio, nonostante sapesse con certezza chi c'era. E lo vide bellissimo ed elegante, luminoso per l'alba che gli esplodeva alle spalle. Come San Gabriele dell'Addolorata quando si presentò, impeccabile nella sua tonaca, magnifico nella sua giovinezza, alle prostitute per riportarle sulla retta via. Il volto della donna tentò di ricacciare in dentro lo stupore.

Quando Fiona O'Malley entrò nella canonica con indosso gli abiti bianchi che erano stati preparati per lei nello stanzino delle scope, il parroco cadde in ginocchio. Era talmente bella che a stento riusciva a respirare. Era un uomo di quarantatre anni, e in quel luogo e in quei tempi dopo i quarant'anni gli uomini erano considerati ormai avviati verso la parabola discendente. Era asciutto, longilineo, grigio di capelli, e il suo incanutirsi era stato un processo precoce.

Senza alzarsi dalla sua posizione genuflessa chiese alla fanciulla fasciata di raso bianco di avvicinarsi. Lei si avvicinò con timore. Lui allungò la mano per sistemarle un ciuffo ramato sfuggito al velo che una vecchia della parrocchia aveva rifinito con passamaneria dorata e piccole pietre preziose artificiali. Poi, nel togliere la mano, le sfiorò il seno appena sbocciato.

Fiona indietreggiò, lasciando fra loro abbastanza spazio perché lui non potesse raggiungerla allungando il braccio. Lui avanzò in ginocchio come un penitente per ridurre quello spazio dicendo di adorarla, dicendo di amarla, di averla sempre amata. Si chinò per baciarle i piedi, tentò di afferrarle le caviglie. Fiona ancora una volta tentò d'indietreggiare, ma sentí dietro di sé la superficie scolpita dei pesanti mobili in noce dove giacevano, ben riposti, gli abiti talari, le cotte, le stole...

Il prete, sempre in ginocchio, avanzò ancora. Con furia brancolava come un cieco per raggiungere le gambe della ragazza sotto la tunica. Lei, giovane e scattante, scartò di lato e guadagnò l'uscita della sacrestia correndo. Attraversò la navata semplice della pieve alla presenza di statue di santi che non parvero interessati a lei. Ancora pochi passi e fu fuori, nel sagrato che non era niente di piú che uno spiazzo ripulito, ridotto a un piano solido d'argilla dalla tenacia delle perpetue che negli anni l'avevano spazzato con la saggina.

Poco distante iniziava una campagna secca, che preludeva a una piccola foresta di quercioli...

Annica si ricompose nel tempo che le serví per aprire completamente la porta. Pietro s'intrattenne oltre lo specchio in controluce, nonostante lei gli avesse intimato di entrare. Tanto per chiarire che non era piú disposto ad accettare ordini da nessuno.

– Se gli fai ancora del male, ti ammazzo con le mie mani, Pietro Carta! – sibilò la donna.

Pietro la fissò senza muoversi. – Zitta, Annica Sini, zitta: che te l'ho riportato a casa! – tuonò entrando dalla luce al buio.

Uccelli invernali: aquila minore, piú sottile della poiana: grido piú acuto. Calandra, ungallonga, grosso passero dei campi; ghiandaia, mariapica: striatura blu delle ali, corteggiamento a gennaio tra gli alberi; pittima reale arriva in pieno inverno, se la costa è vicina si possono vedere le pittime che si dirigono verso gli stagni; storno nero, isturulu; sparviere, astorittu, si riconosce dalla camicia a righe.

– Sei tu? – chiese Paolo senza alzare il viso dalla pagina del suo quaderno di appunti che stava leggendo.

– Eh, sono io, – rispose Pietro sorpreso dalla precisione con cui quell'ambiente lo riportava a molti anni prima, quando era stato convocato da don Pasqualino.

– Non ti vuoi sedere?

– Sí, magari dopo.

– Ti trovo bene davvero.

– Non volevo sfigurare, l'ultima volta che sono entrato qua dentro portavo un tuo vecchio paio di scarpe e facevo ancora il bagno nell'acqua che lasciavi tu.

– Oh quello, si capisce.

– Che cosa si capisce, Pa'.

– Davvero non ti vuoi sedere?

– Sí, sí, mi siedo. Tu come stai?

– Sono vivo.

– Lo vedo. Eccomi qui.

– Sí, eccoti. Non sapevo se saresti venuto.

– Lo sapevi invece.

– Sí, lo sapevo.

– Che fai? Ti commuovi?

– No macché, sono i farmaci analgesici che prendo. Per i dolori.

– Sí.

– Tu invece che mi dici?

– Che ti devo dire…

– Perché sei venuto?

– Perché mi hai chiamato tu, lo sai no?

– Certo. Ma sai cosa intendo.

– Eh, fede, credo…

– Fede?

– Una volta tuo padre, che era seduto proprio dove sei seduto tu, mi ha chiesto se avevo fede.

– E tu?

– E io gli ho detto che sí, ce l'avevo… Nell'amicizia? Mi ha chiesto lui…

– E tu?

– Sí, gli ho detto di sí.

Nel silenzio che seguí, la pendola parve ticchettare spaventosamente.

– Ah, – fece Paolo dopo un tempo infinito. – Anche io credevo nell'amicizia, e nemmeno tanto tempo fa.

– Poi hai smesso di crederci? – chiese Pietro aprendo le falde della sua mantella. I bottoni della giacca luccicarono nella penombra. Nonostante fosse prestissimo le fiamme nel camino erano altissime.

– Ti faccio fare un caffè, siediti, – intimò. Era evidente che non voleva apparire imbarazzato, anche se una segreta vibrazione della voce lo faceva balbettare impercettibilmente.

– No, sto bene cosí, – resistette l'altro.

– Ho una storia da raccontarti –. Si era fatto trovare seduto, ma la resistenza di Pietro ora lo spingeva ad alzarsi. Cosí, afferrandosi ai braccioli della grande sedia padronale, si sollevò a forza di muscoli. – Avevo un amico, – cominciò un po' ansimante. – Che mi aveva fatto una promessa.

Quel gesto stupí Pietro a tal punto che quasi fu tentato di alzarsi e scappare. Ma stette dove si trovava, stringendo le labbra fino a farle esangui. – Qualche volta le promesse sono impossibili da mantenere, – disse dopo aver ingoiato il suo malessere.

Paolo lo fissò senza replicare. Cominciava a sentirsi stanco per quella posizione, qualche goccia di sudore gli colava sulle tempie. – Eri tu? – chiese all'improvviso.

Nel silenzio di quel mattino, vorticò un giro di pensieri fragorosi. Furono costretti a constatare quanto chiassoso potesse essere il cuore degli uomini, quanto riverberasse e rendesse impossibile qualunque desiderio di pace.

– Eri tu? – ripeté Paolo, questa volta con piú insistenza. Era chiaro che non accettava che quella domanda restasse senza risposta.

Ma Pietro non sapeva decidersi. Prese a martoriarsi il labbro inferiore con gli incisivi. – Mettiti seduto, per favore, – implorò. Per dire che ritornare alla stasi, liberarsi dalla precarietà di quella situazione, forse avrebbe reso palese qualunque risposta e inutile qualunque domanda.

Paolo obbedí senza, tuttavia, che quell'obbedienza sembrasse una resa.

– Ma tu ti ricordi quanto ci voleva per arrivare all'abbeveratoio? – chiese all'improvviso Pietro. – Venendo qua ho avuto l'impressione che fosse a pochi passi, ma avrei detto che era assai piú distante.

– È cosí, – ammise Paolo. – Le distanze cambiano, le cose cambiano...

– Tu credi davvero che io abbia voluto abbandonarti? – domandò Pietro, perché quella era l'unica domanda vera che gli interessava fare.

– È per questo che sei venuto? – domandò a sua volta Paolo.

– Sí, – ammise quell'altro senza nemmeno fingere di doverci pensare. – Sí, – rafforzò.

– Lo sai cosa accadrà fuori da qui, no?

– Lo so, lo so, – tagliò Pietro. Non gradiva che quella discussione vertesse sul non detto. – C'è qualcuno ad aspettarmi là fuori, – concluse, con la stessa soddisfazione con cui rispondeva quando era preparato. – Essere e avere, verbi servili e ausiliari... – sussurrò.

Il dio delle storie lasciava corda ora ai cani del risentimento ora a quelli della riconoscenza ora a quelli della rivendicazione. Mute chiassose e disordinate che inseguivano quella volpe che è la certezza presunta, quel cinghiale che è ogni conclusione scontata. Quando li avesse liberati dai guinzagli, avrebbe concesso ai suoi personaggi la piena responsabilità delle loro azioni.

Il dio dei racconti soffia sulle braci dei destini e ne gestisce gli esiti.

Paolo alzò entrambe le braccia per significare che lui per primo si era dovuto adeguare a quanto scritto. – Non è stato doloroso, non all'inizio per lo meno. Mi ricordo che tuonava. Mi ricordo una tale spossatezza che persino morire sembrava un sollievo.

Il giorno pieno si era svegliato completamente oltre le finestre. Fuori da quella stanza gli umani combattevano all'arma bianca per la sopravvivenza. Minacciava neve, si diceva. E si diceva che quell'inverno avrebbe permesso di capire senza ambiguità che cos'era la parola freddo. I piú previdenti avevano fatto incetta di legna per i camini; e fatto impagliare la base degli alberi da frutto perché il gelo non ne bruciasse le radici; e messo a dimora le greggi con scorte sufficienti di foraggio; e impastato pile di pane secco; ed essiccato salsicce; e affumicato decine di forme di formaggio; e messo olive in salamoia...

Tutti esercizi di sussistenza.

Ma dentro quella stanza, nel mondo parallelo delle rivendicazioni, proprio nel cuore della legge che governa gli affetti, si giocava una partita tremenda.

– E comunque sono venuto anche per salutarti, – intervenne Pietro.

– Sí, – concesse Paolo. – È sempre una buona cosa rispettare le convenzioni –. Attese per qualche secondo che l'altro replicasse. – Sei in partenza, dunque? – chiese vedendo che la replica non arrivava.

– Buenos Aires –. Nella voce di Pietro c'era una sicurezza che irritò e divertí Paolo.

– Ah, la pampa, – lo prese un po' in giro, senza voler sembrare troppo sarcastico. Nonostante tutta l'applicazione e il tempo impiegato a insegnargli le cose, non era mai riuscito a spiegargli che esiste una dose d'incertezza nel sapere, un frammento di dubbio che rende ciò che hai imparato utilmente indefinito. – Quindi sai come andrà a finire, – constatò piú che chiedere.

– So quello che ho chiesto, – affermò piú che rispondere Pietro.

– Eri tu, dunque. Per anni ho creduto di averlo sognato, – comunicò Paolo. Cominciava ad aver freddo. – Non senti freddo? – chiese.

Pietro, senza preoccuparsi di rispondere, si diresse verso il camino che caricò con ceppi di roverella nuovi e fragranti. – Ecco, – disse alla fine guardando la fiamma che si ravvivava.

– Che cosa hai chiesto?
– Dài Pa', non si dice. E tu?
– Eh, non si dice.
Risero.

Troppo spesso si pretende che le stagioni seguano le nostre esistenze come cani addomesticati, ma le stagioni sono gatti. E quell'inverno ribadiva piú che mai l'ardire di proclamare una sua precisa autonomia. Ora per esempio, concordemente alla fiamma che si ravvivava, fuori dalle finestre della stanza splendeva un sole agghiacciante.

– Adesso vado, – comunicò Pietro senza tuttavia muoversi dalla bocca del camino.

– Come mi hai trovato? Lí sul campo, intendo.

– Non ti ho mai perso, – disse Pietro, per significare che aveva sbagliato tutto pensando che davvero avrebbe potuto abbandonarlo.

– Oh, – fece quell'altro, con un tremolio incontrollato delle labbra.

– Non piangere, – lo implorò Pietro.

– Lo sai che non posso lasciarti andare, vero? – chiese Paolo come se pretendesse un'approvazione incondizionata.

– No che non lo so, – s'impuntò Pietro. – Potrei ucciderti qui e uscire indisturbato, – disse.

– No, – replicò Paolo. – So quello che ho chiesto.

Pietro abbandonò le braccia lungo i fianchi. Pareva che volesse andare ad abbracciarlo e che qualcosa di invisibile glielo impedisse. Provò a fare un passo verso di lui, ma la forza della sua fragilità, rinchiusa com'era in quel meccanismo di legno e ferro, lo fece desistere. Lo sguardo di Paolo si velò come poco prima, ora Pietro pareva navigare in un liquido amniotico verde. Le sue parole non avevano piú una consistenza, ma solo un riverbero.

– Quando sono tornato e ho trovato mia madre negli stenti in cui voi l'avevate cacciata, allora sí che avrei potuto ucciderti. Ma ho pensato a quale era stata la fatica atroce di esserti amico, di volerti bene... – Non concluse. Vide che Paolo traballava un poco. Lo raggiunse, e per la prima volta dopo anni poté toccarlo. Gli sembrò piú forte di quanto avesse mai pensato.

– Sto bene, – disse lui scartandolo come se fra le immense varianti di quell'incontro non avesse previsto la possibilità di un contatto.

Pietro non cedette. – Riesci ad afferrarmi la spalla?

– Ci provo...

– Cosí, bravo. Ti faccio male?

– No, no...

– Non piangere.

– Va bene, non piango.

– Solleva la schiena, ce la fai?

– Ci provo... Sei tornato?

– Non me ne sono mai andato. Aggrappati a me.

– Sí, mi sento cosí stanco.

– Ci sono io adesso, aggrappati a me.

Lo condusse davanti al camino appoggiato a sé. Guardarono la fiamma.

– Va meglio? – chiese Pietro dopo un po'.

Paolo fece segno di sí. – Io lo so che tu non hai fatto niente di ciò che dicono, – rivelò all'improvviso.

– Ah quello, – si schermí Pietro. – Che devo dire?

– Niente... – sospirò Paolo. – Mi riporti a sedere?

Pietro eseguí: poteva sentire l'odore del ragazzo che era stato, mischiato a quello dell'uomo che era diventato.

– Buenos Aires, – disse Paolo mentre piombava a sedere. – Sarebbe bello, – disse.

– Sarebbe bello, – ripeté Pietro. Poi tornò verso la sedia davanti alla scrivania per recuperare il suo mantello. Lo indossò. – Io vado, – disse. – Fai tutto quello che devi fare.

Le lacrime gli soffocavano il respiro come se fossero tentacoli. Paolo salutò le spalle e la schiena intabarrate dell'amico che se ne andava, comunque, per sempre.

Fuori dalla stanza Pietro ritrovò Annica esattamente dove l'aveva lasciata. Si guardarono senza dirsi niente. Lei chiuse le palpebre contro le iridi verdissime dei suoi occhi non piú limpidi come quando era giovane e forte, ma sempre meravigliosi. Sollevando le sopracciglia le fece un cenno, lei rispose spianando le labbra.

Con uno sforzo Paolo artigliò i braccioli per mettersi in piedi. Tra lui e la finestra c'erano sí e no tre passi. Là fuori uomini armati aspettavano un segno. Era in piedi, ora, nella sua stabilità artificiale di marionetta. Fece leva sul piano della scrivania per avanzare con un po' di fatica, ma sorprendentemente in fretta raggiunse la sedia dove poco prima sedeva Pietro.

Chissà perché, fu raggiunto da un ricordo che non c'entrava niente: dentro a quella stanza lui e Pietro avevano scovato le foto spinte che don Pasqualino nascondeva nell'ultimo cassetto del piccolo mobile per i liquori. Erano proprio quei liquori l'obiettivo, le cartoline capitarono per caso. E facevano vedere le femmine, che sotto gli abiti sono di carne proprio come i maschi. Ricordò con quale silenzio imbarazzato le guardarono, senza guardarsi. Ricordò con quanta fretta le rimisero a posto quando sentirono dei rumori di passi fuori dalla stanza.

Ma si trattò di un istante, anche se, nel suo ricordo, tutto quel fare segreto consumava i secoli.

Pietro scese le scale che l'avrebbero condotto all'uscita principale. Non quella da cui era entrato. L'ampia mezzaluna sopra il portale faceva penetrare una luce lattea. Intersecata a raggiera dai sostegni di ferro battuto che la facevano sembrare un grande spicchio d'arancia, rappresentava l'unica fonte di luce in quell'androne altrimenti avvolto nell'oscurità. Pietro pensò a tutte le volte che aveva fatto anticamera lí, nell'attesa che qualcuno si occupasse di lui. Quando non era nient'altro che l'animale di compagnia di signoriccu Paolo. E davvero non poteva immaginare che crescere avrebbe comportato tanta sofferenza.

Pur non contando assolutamente niente è tuttavia necessario soffrire a dismisura per diventare adulti, pensò, rendendosi conto di quanto sovradimensionato fosse per lui quel pensiero. E gli parve una crudeltà inaudita percepire le cose e non sapere come esprimerle. Soffrire di cose che non si sanno dichiarare, ma solo affrontare per forza genetica, per intuizione, per maledetta sensibilità.

Ora sarebbe uscito, e se quello che aveva chiesto si fosse avverato non sarebbe successo niente. Come un San Pietro accompagnato dall'Angelo fuori dalla cella, sarebbe passato incolume in mezzo agli uomini armati, invisibile.

Paolo si sporse verso la finestra, bastava un passo. Non di piú. Non avrebbe voluto, ma doveva farlo. Capí fino a che punto ci si deve contraddire per trovare un bandolo e darsi una ragione. Perché sapeva dentro di sé che l'unica colpa imperdonabile di Pietro era stata quella di salvarlo. Di consegnarlo a quella vita dimezzata, a quella bara semovente in cui era finito. Fare quel segnale, darlo in pasto ai suoi nemici giurati, gli parve in quel momento un azzardo, una vigliaccheria, ma insieme un atto di fede. Un modo per mettere alla prova la forza del voto che aveva formulato, nel silenzio raggelato della chiesa, agli occhi bulbosi della santa martire, mentre salutavano Lucia, l'omonima, che se n'era andata senza neanche avvertire.

Pietro si intrattenne qualche secondo ancora davanti al portone sprangato. Qualcuno vi aveva appeso un quadretto con l'effigie della Madonna di Fatima e un piccolo ramo di ulivo pasquale a benedizione della casa. Tutto in quell'immagine corrispondeva al racconto di Jorge: il viso di porcellana e il manto di raso bianco rifinito da ricami dorati che aveva tenuto a bada la capigliatura infiammata. Lo sguardo sorpreso della vergine, come di chi si trovi nel mezzo di una circostanza assolutamente imprevista e imprevedibile. Essere vista, forse fraintesa, forse considerata l'unica speranza in un mondo ribaltato. Oppure essere proprio quello che si crede per fede, senza il dubbio della ragione, senza il cinismo della sapienza. Comunque fosse andata quell'apparizione era arrivata fin lí, dove anche lui, Pietro Carta, magari un minuto prima di essere ucciso, poteva vederla. E ciò non dimostrava nient'altro che l'inutilità di qualsiasi supposizione intorno a quelle che si definiscono apparizioni. Ci appare ciò di cui abbiamo bisogno, se ci crediamo.

... come era capitato a Paolo quando credette che Pietro fosse apparso dal nulla nel bel mezzo del campo di battaglia, nel frastuono degli obici e nel sibilo dei proiettili e nello strappo delle carni artigliate dai fili spinati e nel rantolo gorgogliante dei moribondi e nella vibrazione insostenibile degli aeroplani che volteggiavano e nell'aroma marcio della terra che si ribaltava a ogni scoppio e, infine, nel silenzio infinito che seguiva la caduta. Non sapeva dire se davvero si fosse palesato perché l'aveva atteso o, al contrario, a dispetto delle attese. Non sapeva se di miracolo o di realtà si fosse trattato, ma oramai non aveva nessuna importanza.

Sfiorando la superficie pulitissima del vetro, Pietro accarezzò con i polpastrelli il viso della vergine, o chiunque fosse. Aspirò profondamente ancora una volta. Trattenendo il respiro come nel cuore della messa durante l'ostensione, quando da bambino temeva di offendere Gesú persino a respirare mentre veniva esposta la carne viva e il sangue vivo. E come quando ci si doveva preparare ad assumere quella carne in forma d'ostia senza masticare. Oh.

Afferrò la maniglia, l'apertura scattò. Chiuse gli occhi.

Proprio in quel momento Paolo sentí la notte piombare di colpo, cadde riverso assaggiando le travi del pavimento. Gli parve di essere ritornato per un istante esattamente al punto da cui era stato sottratto qualche anno prima, disarticolato, spezzato, con la bocca piena di terra. Ma era nella sua casa, in quella stanza che era stata la stanza di suo padre, don Pasqualino Cubile, che aveva lavato tutta la sua genia dal puzzo di pecora e formaggio a furia di moneta sonante.

Arrancò, davanti a lui il nero non si placava, tanto da fargli perdere qualunque punto di riferimento. Sentí che era indispensabile calmarsi, alzarsi, raggiungere la finestra e dare corso a quello che aveva chiesto. Ma tutto era buio. Come un San Paolo che venga scaraventato a terra dallo stupore per la cecità, piuttosto che dalla cecità in sé. Ora erano assolutamente dispiegate quelle avvisaglie che ogni tanto gli oscuravano la vista. Pensò che si trattava di aspettare un attimo e che di lí a pochissimo tutto sarebbe ritornato a posto. Cosí si sforzò di calmarsi, si sforzò di non lasciarsi andare in quel baratro di disperazione che pure segretamente lo ammaliava.

Chiamò Annica. Lei accorse.

Fuori di lí uomini armati in attesa di un segnale concordato che non arrivava guardarono passare Pietro Carta senza azzardarsi ad agire. Lo videro camminare piano come se non avesse fretta e non temesse niente. In pochi passi scomparve oltre l'ansa del vicolo in direzione della campagna.

– Il segnale! – urlò Annica anche prima di precipitarsi ad assistere Paolo a terra. – Il segnale! – urlò ancora.

La donna corse alla finestra, si sbracciò in direzione dei sicari. Questi ultimi si palesarono dagli anfratti in cui si erano nascosti, chiesero conferma. Annica si rivolse ancora una volta al suo ragazzo riverso sul pavimento, con le pupille vuote che brancolavano nel buio in cui erano state improvvisamente imprigionate. – Che si fa? – chiese. – Gliela facciamo passare liscia? Maledetto!

– Lascia stare! – ordinò lui con l'impazienza di chi non vuole essere distratto dalla sua disperazione. – È troppo tardi! – disse, con una dose di rassegnazione che spaventò Annica piú di qualunque altra cosa.

Infatti la donna, in preda a una febbre ostinata, anziché obbedire e desistere si sbracciava oltre la bocca della finestra come se volesse spiccare il volo, e incitava i cecchini di sotto che si muovessero, che non poteva essere lontano, che lo braccassero. Gli uomini, con un certo disorientamento, eseguirono correndo verso l'ansa del vicolo. C'era un breve spazio sterrato e poche case prima di un acrocoro di rocce basse lucide come argenti. Poi, a tre-quattrocento metri di distanza, un boschetto di roverelle basse ma fitte, imbalsamate nella livrea di gennaio, verde salmastro e rossastra.

– Tu che cosa hai chiesto a Santa Lucia? – aveva domandato Paolo appena fuori dal portale della chiesetta di San Carlo.

– Non si dice, – aveva risposto Pietro con uno sconcerto evidente. – E tu? – aveva chiesto a sua volta in una specie di sfida.

– Non si dice, – l'aveva imitato quell'altro.

Si erano messi a ridere come bambinetti. Il cielo era passato dal turchese al grigio, come quando si prepara la neve. Tuttavia rispetto al gelo dell'interno là fuori parve intiepidisse.

– Se io te lo dico poi me lo dici anche tu? – aveva insistito Paolo, la curiosità era sempre stata la sua principale debolezza.

Pietro non aveva detto né sí né no, l'aveva guardato come se attendesse uno sviluppo che dava per scontato sarebbe arrivato.

– Eh? – l'aveva incitato quell'altro. E si ripeté a mente quanto aveva chiesto alla Santa: Santa Lucia fai sparire i miei nemici!

Pietro prese tempo. – Dài no, non si dice, – concluse alla fine.

Qualche minuto dopo, tornando verso casa, nella solitudine di quel pomeriggio arcigno come un dispetto fatto di proposito, Pietro ripeté a se stesso il suo voto: cara Santa Lucia, acceca i miei nemici.

La campagna lo inghiottí come fece la balena con Giona. Nell'intrico secco del boschetto pietrificato pareva confondersi come se nemmeno avesse un corpo, dissolversi senza una consistenza. Gli uomini armati dovettero abbassare le armi e desistere, perché avanzare là dentro per cercare Pietro Carta il disertore, il sanguinario, l'introvabile, era piú un rimetterci che un guadagnarci.

Cosí tornarono indietro e salirono alla casa di don Paolo Cubile, che aveva bisogno d'aiuto.

In due, molto forti, lo sollevarono di peso per seguire Annica che li precedeva verso la camera da letto. I portatori poterono sentire col corpo e coi muscoli quanto pesante fosse quell'armatura che don Paolo si portava addosso. Con immenso sforzo lo sistemarono in posizione supina, decisamente storto, con i piedi in un angolo del letto e la testa nell'altro angolo. Troppa era stata l'ansia di liberarsi di quel fardello, che dallo studio alla camera da letto si era fatto pesantissimo. Lo tennero in quella posizione atroce di marionetta abbandonata per qualche minuto. Alla fine riprese fiato, poi si accordarono per raddrizzarlo con i cuscini tra la spalla e la nuca come aveva detto Annica.

La donna l'aveva bendato con un panno umido aspettando l'arrivo del dottore che aveva, con urgenza massima, mandato a chiamare. Paolo non aveva nemmeno provato a spostare quel panno, perché era piú forte la paura di essere diventato completamente cieco che il sollievo di capire che si era trattato solo di una cecità momentanea.

– Pietro? – chiese ad Annica che sentiva respirare sopra di sé.

La donna fece cenno di no. Poi si rese conto che Paolo non avrebbe potuto vederla. – Niente, – disse. – Sparito.

A Paolo scappò una risata vicina al singhiozzo.

Nomi, circostanze e persone presenti in questa storia sono totalmente frutto d'immaginazione.

M. F.

Indice

Stampato per conto della Casa editrice Einaudi
presso ELCOGRAF S.p.A. - Stabilimento di Cles (Tn)
nel mese di settembre 2019

C.L. 24286

Ristampa — Anno

0 1 2 3 4 5 6 — 2019 2020 2021 2022